月夜に、散りゆく君と最後の恋をした

木村　咲

STARTS
スターツ出版株式会社

花の香りは君にとって、死へのカウントダウンそのものだった。
これはぼくの最初で最後の恋の話。君とぼくの、短くて長い、約束の物語だ。

目次

月夜に、散りゆく君と最後の恋をした

1

立てば芍薬

ぼくにとって彼女が気になる存在になったのは、彼女が誰もが振り向くような美人でスタイル抜群だからでも、彼女の成績が学年トップだからでもなかった。

最音莉愛《さいねりあ》。

ぼくが初めて彼女と渡り廊下ですれ違ったとき、思わず振り向いてしまったのは、彼女の香りのせいだった。

彼女からは本物の、生花の香りがしたのだ。

それは例えば体につけた香水や、よくあるオーデコロンやボディースプレーの香りとは、似ているようでいてまったく違う。

その香りは入荷して間もないバラのフレッシュな香りそのものであり、また、開き始めたユリの豊潤な香りそのものであり、それでいて瑞々しいスイートピーの香りにも、甘くむせかえるようなクチナシの花の香りにも似ていた。

それはぼく以外の人間にはわからない、ほんとうに微かな香りではあったのだが、例えば自宅に到着する百メートル以上手前で本日の夕飯を的中させるほどの嗅覚を持つぼくにとっては、振り返らずにいられないほどに強い香りだったのだ。

振り返ったぼくと、なぜか同時に振り返った彼女は一瞬、目が合いお互いに歩みを止めた。

菜の花が生い茂る、中庭に面した渡り廊下。昼休みの穏やかな空気の中で、そのとき彼女がほんの少し、口角を上げて微笑《ほほえ》んだように見えた。

温かい風は長い髪をさらさらとなびかせ、彼女の香りを運んでくる。

ぼくはその瞬間、自分自身の鼻の孔《あな》や口はもちろん、両方の瞼《まぶた》や、毛穴といったとにかく全身の全ての穴という穴が、彼女をできる限り記憶に収めようと、躍起になっているのを感じ取っていた。

人生初。鳥肌どころではなかった。しいていうならハリネズミ肌。

一目惚れ、というロマンチックな単語はそれこそ何度も聞いたことがあるけれど、一嗅ぎ惚れ、というのは聞いたことがない。でもこのときの現象を、他にどう表現すればいいのかぼくにはわからない。とにかくぼくは、そうなった。

「え、なに」

一瞬、ほんの一瞬だけ微笑んだように見えた彼女が言葉を発したその瞬間、ぼくは我に返った。

彼女は微笑んでなんていなかった。怪訝《けげん》な表情をこちらに向けて、ぼくに向かって、なに見てるの？　と言っているのだった。

ぼくの隣で、マスタードくさいハムマヨサンドをかじりながら歩いていた、幼馴染《おさななじみ》で同級生の剛《つよし》が、肘でぼくのことを小突いている。

小声で「おい、あれ、最音莉愛じゃん」と言いながら。

「あ、ごめん、なにも」

なにも、というのはもちろんとっさについてしまった嘘《うそ》で、ぼくはつまり、正直にいえば彼女に、すっかり見惚《みと》れていたのだった。

香りのほうに先に反応してしまったものだから、彼女の美貌に気付くのがワンテンポ遅れてしまったみたいだ。

「ふうん、あ、そう」

つまらなそうにぼくに言った彼女は、そのまますぐに、ぼくと剛に背を向け歩きだした。背筋はすっと伸びており、後ろ姿は凛《りん》として、地面から浮かんでいるみたいに軽やかに歩く彼女の両脚は白く、とても細かった。

彼女の歩くスピードにあわせて揺れる黒髪は中庭の日光を浴びて艶めいていた。あの後ろ姿には、大和撫子《やまとなでしこ》という言葉がぴったりだ。

「噂《うわさ》どおり、すげー美人」

彼女の後ろ姿を見送りながら、ため息交じりの声で剛が言った。

ぼくはそれに、ああ、うん、と曖昧に相槌《あいづち》をうつ。

「確かに、美人だったけどそれより、花の匂いがしなかった?」

「花?」

剛が「はあ?」という顔でぼくを見る。

剛は昔からよく、ぼくにこの顔をするのだが、剛は決してぼくを嫌いなわけじゃない。それはぼくが一番よく知っている。

「うん。彼女から、花の匂いがした」

ぼくが言うと、剛はまたかよと言って天を仰ぐ。

「変態かよ。嗅ぐな嗅ぐな」

「嗅いでない。勝手に匂ってきたんだ」

「同じようなもんだろ」

「好きでこんなに鼻がきくように生まれてきたんじゃない」

ぼくと剛、いつものお決まりのやり取り。

保育園に入る前から、ぼくはいつでもこの鼻のせいでいろんな人を傷つけ、嫌な気持ちにもさせてきた。

ある程度の年齢になると、自分が他の人とは違うのだということに気が付いて、人からなにかしらの香りを感じてもそれを口に出すのは控えるようになった。

普段我慢しているぶん、剛の前ではつい、心の声や本音がぽろっと出てしまう。

「いい匂いだった。すごく」

呆《あき》れて先を歩いていく剛に聞こえるか聞こえないかの声でぼくはつぶやいた。

これがぼくにとっての彼女との出会い。

彼女と初めてクラスが同じになった、高校二年の春。ぼくはもうすでに、剛をはじめとするその他の同級生によって、彼女について多くの情報を得ていた。

その情報の多くは、なんの役にも立たない、とくに信憑性《しんぴょうせい》のないものばかりだったのだが、なぜそんなにも短期間で彼女についての情報を得ることができたのかといえば、彼女が学年の有名人だったからだ。

有名人という表現はこの場合、ひょっとするとふさわしくないのかもしれない。

例えばその、彼女に関する信憑性のない情報は、バスケ部を入部して一か月でいきなり辞めたということ、その理由が単に、厳しい先輩にムカついたからであるということや、彼女が夏になると特別に体育を休む権利を与えられているということ、それはどうやら彼女がモデル事務所に所属していて、日焼けが厳禁であることなどが理由らしいということ、それが認められたのは、なんでも彼女の父親が医者かなにか、いわゆるお金持ちで、学校に寄付をしているかららしいということなどだった。

噂というのは次々に尾びれがつき、背びれがついて、がちがちの鱗《うろこ》で固められ、最終的にはメダカが巨大魚になってしまうものだ。

この巨大魚の中に、どれかひとつでも本当の情報があったとして、ぼくにはなんの関係もない。

「モデル並みのルックスでわがままで金持ちのお嬢様って、もうなんかいろいろやばいよな」

剛はそんなふうに言うけれど、なにがいろいろやばいのか、ぼくにはいまいちぴんとこない。

ちなみに剛はぼくの同級生でもあり幼馴染でもあり、ぼくの一番の理解者だ。

仲が良いとか悪いとか、好きとか嫌いとか、気が合うとか合わないとか、そんな意識を持つより前からの濃厚な関係。

お互いの両親が親しいということもあり、ぼくらは常に一緒だった。ほとんど兄弟か双子といってもいいくらいに。

ぼくは保育園のときの剛の初恋の相手を知っているし、剛はぼくがまだ恋をしたことがない、ということを知っている。

喧嘩《けんか》という喧嘩をしたことがないのはぼくらの性格があまりに正反対だから。

明るくてスポーツ万能、大雑把で女の子にモテる剛と、地味でスポーツも不得意、手先は器用だが女の子全般が苦手なぼく。自分とかけ離れた存在でありながら、誰よりも近い存在、それがぼくにとっての剛だ。

いつも近くにいて当たり前だった存在は、ついに高校までも一緒になった。

剛はなにかと理由をつけてはぼくのクラスにやってきて、最音さんを見物する。

彼女と同じクラスになったからといって、もちろん目立つ彼女が地味なぼくに話しかけるはずもなく、ぼくがわざわざ彼女に話しかけに行くようなことができるはずもなく、ただぼくは、教室内に漂う彼女の香りを感じながら毎日を過ごしていた。

誰もが認めざるを得ない美人、それに加えて学年トップクラスの秀才である彼女、最音莉愛は、どうやら相当の、嫌われ者であるらしかった。

ぼくは彼女を見ているとつい、出る杭《くい》は打たれるという言葉を思い出してしまう。

立てば芍薬《しゃくやく》座れば牡丹《ぼたん》、歩く姿は百合の花。

そんな完璧を極めたような女の子の存在は、他の女子からしてみれば脅威であり、できるものなら寄ってたかってどうにかへし折りたい存在に違いなかった。

けれど彼女は、ただのおとなしい芍薬や牡丹や百合の花ではなかった。陰口が聞こえてくれば誰かに見られることもかまわず容赦なく相手を睨みつけ、威嚇《いかく》した。

彼女に胸倉を掴《つか》まれた女子がいるという話は、信憑性のないものばかりの彼女に関する噂の中で、もっとも真実めいているように思えた。

強い女をわざわざ庇う男はいない。

もしも、彼女がひどい陰口に傷つき、皆の前で泣いたりするような女の子であったなら、学年の男子全員が彼女の味方になったに違いないのに、彼女は絶対に、誰かに弱音を吐くようなことはしなかった。

剛いわく、最音さんは『氷の女王』なのだそうだ。

「なんか孤独な女スパイとか、最強の女殺し屋とか、雪女とか、そういう感じ？　俺、意外とああいうの嫌いじゃないんだよな」

剛は映画の見すぎなのか、いつも最音さんをスパイや殺し屋に例えたがり、しかもそれを、本人に聞こえそうな距離でぼくに言うものだから、罪のないぼくまで冷や冷やさせられる。

お調子者だが女にはモテる剛が堂々とそんなふうに言うものだから余計に、他の女子は最音さんを目の敵にするだろう。

彼女が嫌われる悪循環の一端を担っているとは思いもしない剛は、無神経な発言を繰り返す。

「氷の女王の笑ったとこ、誰も見たことないんだってさ。そんなの聞くと余計にさ、意地でも見てみたくなっちゃうんだよな」

「剛」

「なんだよ、明日太《あすた》」

「早く自分のクラスに帰れよ」

「なんでだよ。せっかく目の保養しに来てんのに」

「いいから早く帰れって」

「アスタくん、冷たい」

口を尖《とが》らせてすねたような顔をする剛。

ぼくから見れば気持ち悪いだけだけど、女の子から見れば違うらしい。

剛がいると、よくも悪くも女子の視線が痛い。無理やり剛をクラスから追い出して、ようやくぼくは一息つく。いつものことだ。


その日は、久しぶりに汗ばむ陽気のとても日差しの強い日で、最音さんはその年、初めて体育の授業を見学することとなった。

体育の授業が始まる少し前、彼女の姿が教室から消えた。

姿が消えたというよりも、ぼくにとっては彼女の香りが教室から去るのを感じた、といったほうが、感覚としてはより正しい。

そしてぼくはなぜか自然に、彼女の姿を追っていた。姿を追ったというよりは、香りを追った。そんなふうに言うとまるで警察犬みたいだが、そのときは考えるより先になぜか体が動いていたのだから仕方ない。

ぼくが追いかけていった香りは、体育館裏に漂っていた。そしてそこには、やっぱりというか、当たり前なのだが彼女がいた。

体育館裏というと誰かが誰かに呼び出されてなにかしらやばいことになる定番の場

所で、そのときもやはり、彼女はよくある定番の感じで、クラスの他の女子数人に囲まれていた。

汗ばむ陽気の暑い日である。日当たりのよくない体育館裏には湿り気もあいまって余計に陰湿な雰囲気が漂っていた。

「最音さん、体育見学なんだあ」

ひときわ色が白く線が細い最音さんを囲んでいた中で、一番足が太くがっしりとした女子が、いかにもな感じで言った。

「特別待遇のお嬢様？　モデルだっけ？　いいよねー、夏になったら体育見学できるなんて」

痩せてはいるが不健康な細さをスタイル美人だと勘違いして妙にスカートの丈を短くして着ている女子が、最音さんに詰め寄っていく。

と、ふいに、長くさらさらとした髪をかきあげながら、最音さんはこう言った。

「……は？　ばっかみたい。そんなこと言うためにわざわざこんなところまで呼び出したの？　他に楽しいことがなくってよっぽど暇なんだ」

美人がきつい言葉を吐くと、どうしてこんなにも残酷で恐ろしいのだろう。ぼくはぞくぞくと立ち上がる全身の鳥肌をどうすることもできなかったが、彼女を取り囲んでいた女子たちの反応はもっと恐ろしいものだった。

女子たちは一瞬、最音さんのセリフに顔面を硬直させた。

怒りに震え、興奮し、今にも最音さんを食いちぎりそうな勢いで詰め寄っていく。

「はあ？　ほうら、化けの皮が剥がれたね。反論できるくらい元気みたいだから、体育だって出れんじゃん。わたしはズル休みしましたって、紙に書いて貼ってあげよっか？　最音さん」

最音さんから暇人認定されたひとり、がっちり足の女子がそう言いながら最音さんに近づくと、最音さんは、氷の女王の名にふさわしく堂々と言った。

「そんなに体育の授業休みたいなら、そっちも休めば？　あ、でも暇すぎると太っちゃうし、体育でちょっとくらい運動したほうが身のためだと思うけど」

最音さん！

ぼくは思わず叫んでしまいそうになる。いくらなんでも言いすぎだ。

こういうときは反論せずに、逃げるが勝ちというのがぼくのポリシーである。たったひとりで複数の相手を怒らせて、得になることなどなにもないのだ。

彼女を囲んでいた女子たちの表情が、さきほどまでよりもいっそう悪意に満ちた醜いものに変化する瞬間をぼくは見逃さなかった。

その瞬間、ぼくは木の陰から走りだしていた。彼女を追いかけてきたときと同じ、考えるより先に体が動いてしまったパターンだ。

急に、がさっと音を立て、木陰から飛び出したぼくに、その場にいた女子全員の視線が突き刺さる。怒っている女子の視線ほど怖いものはなく、今現在、その場にいる女子は全員怒りに震えている状態で、つまりぼくは、ライオンの群れに飛び込んでしまったシマウマ同然なのだった。

ぼくは言った。もうあとがないシマウマの、最後の言葉のつもりで。

「あ、あの、さ、なんというか、体育を休むのだって人それぞれ理由もあるわけだし、その、そんな風に大勢でひとりを囲むのもフェアではないような気がしない？　あ、そう、怖いときはほら、思ってもないことを言ってしまうのが人間ってもんだし」

ぼくがそう、言い終わるのとほとんど同時だった。

ぱちーん、というキレのある音とともに、ぼくの左頬に強烈な痛みが走った。最音さんに平手打ちをされたのだ、ということに、数秒たってから気が付いた。そしてぼくは、痛みと驚きで、崩れ落ちるようにその場にうずくまってしまった。

「なんにも知らないくせに、勝手に人のこと庇わないで。そんなことされたって、ありがとうなんか言わないから」

崩れ落ちたぼくを、最音さんが見下ろしている。声が少し震えていた。

一見、強気に見える彼女の青白い顔に、なぜかどこか悲しそうな、傷ついたような表情が浮かんでいた。怯《おび》えながら噛《か》みつく子犬にも似たその視線は、彼女の代名詞である氷の女王とはかけ離れている。

彼女を見上げているぼくにしか見えないその表情に、一瞬釘付けになる。

ぼくはその、彼女の行動と表情のギャップに、妙な心臓の鼓動がなかなか収まらなかった。

我に返ったように、最音さんとぼくの周りから、最音さんを囲んでいた女子グループが散っていく。

授業の始まりを告げるチャイムが鳴ったのだ。そしてそのチャイムの音を合図にしたように、ぼくの目の前で、最音さんがどさりと、地面に倒れた。

「え、最音さん？」

ぼくは、嘘だろ？　とつぶやきながら彼女の顔を覗《のぞ》き込んだ。彼女の顔はいつの間にか幽霊のように真っ白になっており、額には汗が滲《にじ》んでいた。

ぼくは彼女の手を掴み、その温度を確かめる。手は冷たく、またしても、ぼくは考えるよりも先に彼女の体を抱きあげていた。

彼女の体はまるで小さな子どもみたいに軽かった。

特別トレーニングもしていないぼくが、抱えたまま走ることができたくらいだ。

ぼくはその日、人生で初めて、女の子を抱きかかえて走る、という経験をした。彼女が軽くなければ走るなんてきっと不可能だっただろう。

とにかく、ぼくは彼女を抱いて、保健室に向かった。まだ殴られた頬は痛かったし、これが彼女にとって余計なお世話だということも重々承知だった。

保健室には先生以外に他の生徒の姿はなかった。女子を抱きかかえて現れたぼくを一目見て、先生は大慌てで駆け寄ってきた。

「最音さん！」

先生は、ぼくが告げるより先に、最音さんの名前を呼んでいた。一瞬、先生の顔に驚きの表情が浮かんだが、最音さんに少し触れ、なにかを確認すると安心したように頷《うなず》いて、ぼくに彼女をベッドに寝かせるように促した。

ぼくがしどろもどろになりながら慌てて事の経緯を説明すると、先生はうんうんと頷いた。

「そう、急に倒れたのね。今日は久しぶりに暑いものね。連れてきてくれて助かったわ、ありがとう」

先生は慣れた調子でぼくにそう言って、氷嚢《ひょうのう》や冷却シート、ペットボトルの経口補水液なんかをつぎつぎに持ってきて、傍らに腰かけ、最音さんの体を冷やし始める。

「あなたは、もう戻っていいわ。ありがとう。ええと、名前は？」

「二年四組の菊川《きくかわ》明日太です」

「菊川くん。最音さんと同じクラスね。このことは、他の生徒には言わないように。

あと、彼女にまた、なにかあったら、よろしくね」

先生は氷嚢の中身をほぐしながらぼくに言った。

先生が妙に、最音さんへの対応に慣れていることや、『また、なにかあったら』というところが気になって、ぼくは先生にたずねる。

「あの、最音さんって、よくこういうふうになるんですか」

「そう、夏は特にね。彼女の場合、普通の熱中症なんかとは違うから」

「なにが普通の熱中症とは違うんですか」

ぼくがつい、細かい質問をぶつけると、先生はぼくのほうを振り返って言った。

「ねえ、これ以上、彼女について知りたいのなら、ひとつ約束してくれる？」

若くて美人だと評判の保健室の先生だが、きちんと近くで先生を見たのは初めてだった。美少女という言葉がしっくりくる最音さんと比べると、先生は美魔女とか熟女という感じで、男子が面白がって騒ぐのも無理はないという気がする。

「約束ってなんですか」

「彼女は少し、無理をしすぎるところがあってね。こういうふうになることを人に言いたがらないの」

「はい」

ぼくは彼女の顔を見つめながら頷き、先生の言葉を聞いていた。

彼女が目の前で倒れたあの瞬間、ぼくはとんでもなくか弱い生きものを目の前にして、抱きあげて救出する以外の選択肢はそこにはなかった。

ぼく自身が、彼女から強烈な平手打ちをくらったすぐあとであったにもかかわらず、である。

ベッドで目を閉じたままの彼女。保健室のＬＥＤライトに照らされて、ぼうっと白い光を放つ彼女の肌。

このまま眠って起きないんじゃないだろうかとぼくは少し不安に思ったが、先生が落ち着いているところを見るときっと大丈夫なのだろう。

子どもの頃、母親から絵本で眠り姫とか白雪姫といった物語を読み聞かせられていたとき、ぼくが一番不思議に思ったのは、王子様が眠っているお姫様を一目見て、恋をしてしまうというくだりだった。

目を開けて動いている、美しいお姫様に一目惚れするならともかく、目を閉じて、眠っているお姫様に（しかも白雪姫に至っては仮死状態のお姫様だ）恋をして、いきなりキスをするなんてあり得るだろうか。いやあり得ないだろうと、子どもながらにぼくはずっと思っていた。

保健室のベッドに横たわる彼女を眺めながら、眠っていてもその美しさがまったく損なわれないのが本物のお姫様なのだとしたら、最音さんほどお姫様にふさわしい人はいないかもしれないとぼくは思った。

普段の彼女と倒れて眠っている彼女。陰口を言われた相手を睨みつける彼女や、女子数人に囲まれてもまったくひるまない彼女。

庇ったぼくに平手打ちをする彼女。強さと弱さの共存。

「今回は偶然、菊川くんが倒れたところに居合わせてくれたからよかったけど、誰もいないときにこうなるとすごく危険なの。本当なら、誰かがいつもそばについててくれれば一番いいんだけど、彼女はそういうのを嫌がっていてね」

先生の表情は真剣だった。はい、とぼくは頷く。

「わざとらしくなく、いつも偶然、誰かがそこにいてくれるといいんだけど」

先生はぼくを見てはいなかった。

彼女の気持ちはなんとなく理解できる。なにかあったときのために四六時中誰かがつきっきり。それも自分のためにというのはプレッシャーにもストレスにもなるはずだ。彼女のような強気な子ならなおさら。

「わかりました。離れて見守る係ってことですね。倒れたときにいつも偶然そばにいる」

ぼくが言うと、先生は目を見開いて、あら、と声に出して言った。

「話のわかる男でよかったわ」

先生がぼくを男と言ったことやその目つきにややどっきりしつつ、ぼくは答える。

「ぼくが見守り係に任命されたってことも、最音さん本人には言わないほうがよさそうなんで、黙ってます」

「ありがとう。そうしてくれる」

ぼくははいと頷いた。

「でも、倒れたりしやすいから体育の授業休んでるっていうんなら、みんなにもそう言ったほうがいいと思うんですけど。贔屓《ひいき》とか特別扱いみたいに、けっこう陰口言われてるんで」

ぼくが言うと、先生は少し考えるような顔つきをしてから、困ったように言った。

「最音さんが、隠すことを望んでいるからね。そこは先生もどうしようもないの。でも、あなたみたいな見守り係が、同じクラスにいてくれると助かる。また、なにかあったらすぐに教えてくれる？」

わかりましたと言ってぼくは頷いた。

このときのぼくはまだ、先生の言葉を、彼女が倒れやすい体質であるとか、暑さに弱い体質である、という程度にしか認識していなかった。

それどころか、愚かなぼくは彼女の、他の生徒が知らない小さな秘密を知ることができたことに密かな喜びさえも感じていた。

先生から彼女の見守り係に任命されたことについても、ぼくは、口は悪いけれどなぜか気になる存在である最音さんと、近づいて話をするきっかけができたというふうに考えていたのだった。

ぼくは後々、このときの軽率な自分を責めることになるのだが、とにかく、まだこのときのぼくは、彼女のことを気になってはいたものの、一生忘れることのできない世界で一番大切な女性になる人だなんて、これっぽっちも思っていなかった。

2

彼女はワイルドフラワー

ぼくが彼女から平手打ちをくらい、彼女の見守り係として先生に任命されたあの日から、一週間以上が過ぎていた。

平手打ち事件はぼくが話すまでもなく、剛の耳にも入っていたが、そのあと最音さんが倒れた場面はぼく以外の誰も目撃していなかったらしい。

「明日太、お前、女王を庇ったらビンタくらったらしいな」

剛は嬉《うれ》しそうににやにや笑いながら言い、慰めているのかまるでぼくを英雄のように褒め称えた。

「勇気あるよなあ、マジで。まあ明日太らしいっていうか、天然っていうか。頑張ったよな、うん。明日太、お前は悪くないよ」

剛がぼくの背中をぽんぽんと叩《たた》く。

「気にすんなよな」

と言いつつも面白がっているのが感じられて、ぼくはやめろって、とその手を払った。

まだまだ制服のベストやカーディガンを必要とする肌寒い日の合間に、徐々に暖かい日や汗ばむような陽気の日が増え、最音さんは相変わらず、暖かい日には体育を休んだ。

あの日ぼくが平手打ちされたシーンを目撃した女子たちは、庇ったぼくに平手打ちをお見舞いしたという最音さんの話をさっそく、学年中にばら撒《ま》いていた。

噂は噂を呼び、氷の女王の名と女王に平手打ちをされたぼくの名は、瞬く間に学年中に広まった。

不本意ではあるものの、ぼくが平手打ちをされたことで女王の強さが際立ったのだろうか、あれ以来、最音さんが女子に呼び出されるような事態は起こっていない。

ぼくにとってはビンタより、そのあとに彼女が倒れたことのほうが余程衝撃的だったのだが、彼女がそれを周囲に隠したがっているというのだから仕方ない。

あの強さの裏側にある弱さや儚《はかな》さは、ぼく以外、誰も知らないのだ。

「ほらね、やっぱり休んでる」

あの日、彼女を囲んでいた女子グループが、聞こえるか聞こえないかくらいの声量でそう言うとき、ぼくはひそかに拳を握りしめたり歯ぎしりをしたりした。

彼女だって、休みたくて体育を休んでるわけじゃない。

彼女の体質のことも知らないで、あることないこと言うなと怒鳴ってやりたい気持ちをぐっと堪え、ぼくは耳を塞ぎ、黙って彼女を見守ることに徹した。

最音さんを見守るようになって気が付いたことだが、彼女は一日に、最低でも五本、五百ミリリットルのペットボトルのミネラルウォーターを空にした。

同じ銘柄のペットボトルだから、ぼく以外の生徒はみんな、それを一日に何本も空にしているとは思っていないらしかった。

確かに最音さんがその外国製の銘柄のミネラルウォーターを飲む姿はとても絵になっており、その頻度にはぼくも、以前は特別違和感を抱いていなかった。

彼女のことをよく観察している女子たちは、そんなことまでも陰口のネタにしたりするのだった。

ぼくは、あの日から彼女に無視され続けていた。

ぼくが見守り係であるという事実はもちろん最音さん本人には秘密であり、ぼくは真面目に先生との約束を守り、彼女がいつ倒れてもすぐに対応できるよう、彼女をただひたすら離れた場所から見守っていた。

ぼくがひそかに期待していた、最音さんから直接、保健室に運んだお礼を言われるなどという妄想は、現実になりそうになかった。

学校からの帰り道、ぼくはいつもどおり自転車で川沿いの道を走っていた。

この時期の河川敷は野生の花がたくさん咲いている。市場に並ぶこともなく、名前を呼ばれることも値段をつけられて売り買いされることもない雑草は、小さいけれど自由で気ままで呑気《のんき》な花だ。

タンポポやシロツメクサの咲き乱れる河川敷をしばらく走り、坂を下って一番近くにある商店街、その入り口付近にある花屋が、ぼくの家だ。

花屋といってもモダンでお洒落《しゃれ》なフラワーショップではなくて、昔ながらの花屋のほう。祖父の代からやっている、キクカワ生花店だ。

地元の神社に供えられている榊《さかき》も、近くの寺に供えられる花も、このへんの古い家の仏壇に供えられている仏花も、このあたり周辺の墓に供えられている墓花も、たいていがうちの店の商品だ。

ぼくの通った小学校の入学式や卒業式で壇上に飾られていた花も、亡くなった祖父が生けたものだった。

ぼく自身も、小学校低学年くらいのかなり早い段階から常に店の手伝いに駆り出されていたせいで、高校生となった今では水揚げや棘《とげ》取りなどの作業はもちろん鋏《はさみ》やナイフの扱いもお手の物。

自慢するつもりはないが、フラワーアレンジの腕前だって、この商店街のおばちゃん連中からはセンスがいいと評判なのだ。

ひとり息子であるぼくは本来、この店の跡継ぎということになるわけだが、それについてはどうも今ひとつぴんとこないというのが正直なところ。

小さい頃から両親の背中を見て花に囲まれて育ったとはいえ、花屋の息子に生まれたからといって必ずしも花屋にならなければいけないはずはない。

花は好きだし、両親との仲も良いほうだと思う。けれど、十七年間生きてきて、心の底から花屋になりたいと思ったことは、一度もない。

うちの花屋、それに剛の自宅である山根《やまね》寝具店。

その両方がある商店街の歴史は古く、かつては人々の活気で溢《あふ》れていたという商店街自体はもうほとんど、その機能を失いかけている。

先祖代々この土地に根を張り、商いを続けてきた古い店は、両隣がシャッターを閉じていようともここで意地でも商売をし続ける覚悟だと、昔、父と剛の父親が真剣に話しているのを聞いたことがある。

ぼくが毎日眠っている、ふかふかの布団はもちろん、ぼくがまだ小さい頃に剛の家の寝具店で買ったものだ。

「ただいま」

古い造りの住居兼店舗である我が家の入り口はひとつだ。

切り花が何十種類も入ったバケツや、小さな花の苗が入ったトレイがずらりと並ぶ、店の前から堂々と入る以外の選択肢はない。

「あら、おかえり」

一番にそう返してくれたのはエプロン姿で忙しそうに働く母でも、その傍らでどっしりと構えた店主である父でもなく、常連客のおばちゃんだった。

週に一度仏花を買いに来て、膝が悪いことを理由にレジの近くに置いてある丸椅子に腰かけ、買い物の休憩を言い訳にいつも堂々と店に入り浸っている。

ぼくが小学校の低学年のときにはもうすでに、そのおばちゃん専用の丸椅子はいつもその場所にあった。

「あ、こんにちは。いらっしゃい」

ぼくがおばちゃんに向かってそう返すと、母が微笑んで言った。

「おかえり、明日太。宿題終わったらでいいから、ちょっと手伝って」

「わかった」

そう答えたぼくに向かって、今度はカウンターで黙々と花をさばいていた父が言った。

「明日太、さっき、お前の学校のクラスメイトって女の子が店に来たぞ」

珍しく嬉しそうな父の声。ぼくは思わず、え、と声を出していた。

「クラスメイトって、誰」

「名前は聞いてないけど。また来ますって、ずいぶん可愛《かわい》らしい子だったわよ。本当に明日太の友達なのかって疑っちゃったわよ」

父のかわりに母がそう言った。ぼくはますます頭の中が疑問符でいっぱいになる。

同じ高校の同じ学年に、ぼくの実家が花屋だと知っている小学校時代からの友人は剛以外にもうひとりいるが、今はクラスも違うためクラスメイトではない。それも女の子ではなく男だ。

「え、小学校のじゃなく？　高校の？」

「小学校の同級生なら、見ればわかるわよ。あんな綺麗《きれい》な女の子、このあたりの子で明日太の同級生にいたら覚えてないはずないわね」

母がなぜか得意げな顔で言う。ますます意味がわからなかった。

店の場所まで知っていて、わざわざここまで来るクラスメイトの女子。しかも綺麗な女の子？　そんなやつはぼくの知る限り、ひとりもいない。

「心当たりがまったくないから、人違いじゃないかな。違う花屋と間違えたんじゃない」

ぼくが言うと、父はあからさまにがっかりという顔をした。父は機嫌が顔と態度に出る男なのだ。

「早く学校の宿題終わらせて、手伝いに降りてこい」

父も母もぼくのことをまだ、小学生か中学生だと思っているのかもしれない。宿題だけやっていればよかった小学校時代とはもう違う。一応来年は受験生なのだ。明日提出の英語のレポート、ある洋楽の指定のフレーズを聞き、レポートに日本語訳で自分なりの歌詞を書くというもの。

ぼくの苦手なタイプの課題である。

ダウンロードした曲を何度も再生し、歌詞をコピーしてノートに書き写す。使われている文法を調べて横に日本語訳としてメモを書き込むところまではできたのだが、その先の、自分なりの歌詞にするというところがまったくもって進まなかった。

このタイプの課題は何度か出されているが、前回もただ日本語訳を書き込んで提出しただけのぼくの点数は、宿題を提出しなかったやつより少しましな程度。

ネットで日本語訳の歌詞を調べてきてそのまま書き写したやつもいたが、もちろんそいつと同じことを考えた生徒は何人もいて、結果、まったく同じ歌詞が複数人から提出されていることになり、すぐにバレて全員がほぼゼロ点にされていた。

英語自体は苦手ではないぼくも、自分なりの歌詞なんて言われてしまうともうお手上げだった。結局、文法のままに訳したものを書き込んで終了。その先は諦めることにして、店に降りる。

階段を降りながらふと、最音莉愛のことを考えていた。

同時に課題で訳していたラブソングの歌詞の冒頭部分を思い出す。

ぼくの人生は君の手の中

人はぼくを頭がおかしいなにも見えていないと言う
君に全てを賭けるなんてと
なぜこうなったのかは今でも謎で
君が頭から離れない

君が頭から離れない。ぼくの人生は君の手の中？

直訳とはいえちょっと怖いと思ってしまうぼくには、やっぱりラブソングの歌詞を訳す資格なんてないんだろう。

もしも、もしもぼくが最音莉愛に恋をしたとしたら、人はぼくをおかしいと言うのだろうか。

彼女は他の人間からしてみれば、見た目は綺麗でも性格のねじ曲がった気の強い嫌な女で、確かにそういう一面もあるだけに、否定はできない。

だけど、とそこまで考え始めると、もう頭がフリーズしてしまう。

恋に溺れる男の気持ちを甘く歌った曲の歌詞に、自分なりの解釈を加えるなんて、そんなことをしている暇はぼくにはないのだ。

いつもどおり、店を手伝うときに使う黒いエプロンを腰に巻き、自分専用の鋏とナイフの入った皮のシザーケースを腰にぶら下げた。

カウンターの前に立ち、いつものように花の入ったバケツの水替えをしながら、茎を斜めに切り戻していく。花の茎は斜めに切ることで水を吸うための面積が増え、さらにバケツや花瓶の底に切った茎がぴたりとくっついてしまうのを防ぐことができるため菌の繁殖を防ぐのにも効果的。それだけでも花の持ちや咲き具合が変わってくるのだ。

「父さん、これどうする?」

ぼくはカットしていたガーベラの茎を見て父に言った。

花はいつか必ず枯れる。それが速いか遅いかというだけだ。

暖かくなってくると途端に切り花の持ちは悪くなる。飾るぶんには一見まだまだ綺麗なそのガーベラも、今が最高に美しい満開のバラの花も、お客さんが買って帰ってすぐにだめになるような花を店に置いてはおけない。

「ああ、捨てるか自分の部屋にでも飾っとけ」

父がそう言ったので、ぼくは捨てかけたガーベラの茎をその半分ほどの長さにカットした。ガラスの透明な花瓶に底一センチ程度の浅い水を張り、生ける。

赤、オレンジ、白、ピンク。残り物だから色もバラバラで、だけど散りゆく間際の花の姿は、どんなに精巧に造られた高価な造花にも表現できない、特別な美しさだ。

「へえー、菊川くんってほんとうに花屋さんだったんだ」

突然、背後からどこかで聞き覚えのある声がした。

驚いて振り返り、ぼくは目を丸くする。

そこにいたのは、ぼくに平手打ちをした保健室の眠り姫。最音莉愛その人だった。

いつもなら、彼女が近づいてくればその香りだけで、すぐに存在に気付くことができるのに、花が大量にある店内では彼女の香りは店の香りと同化して、まったく気配を感じることができなかったのだ。

「え、え、なんで」

反射的に後ずさりをするぼくに、満面の笑みで得意げに、彼女は言った。

「会いに来たの。花屋さんの菊川明日太くん」

彼女の笑った顔をぼくはこのとき初めて目にしたのだけれど、このときの笑顔をぼくは一生忘れることができないだろう。

それくらい、彼女の笑顔は、もう本当にびっくりするくらい可愛かったのだ。悔しいことに。

「会いに来たって……」

突拍子もない彼女のセリフにフリーズするしかないぼくの傍らで、両親が嬉しそうに顔を見合わせている。ぼくをたずねてきたクラスメイト、めったにいない美少女の正体は彼女だったのだ。

「エプロン似合うね、菊川くん」

最音莉愛がうちの花屋で笑っている。それはとても不思議な光景だった。

「いらっしゃい。ほら明日太、なにぼうっとしてんの」

母が横から、弾んだ声で口を挟む。

「ごめんなさいね。うちの息子、ほんと愛想がなくって」

母が言うと、彼女はなにが面白いのか、お腹を抱えて笑いだす。アハハ、とかケラケラといった、からっと晴れた空みたいな笑い声が店に響く。どうして今日の最音さんはこんなにも楽しそうなんだろう。

「そんなことないですよ。菊川くんはお人好しだしおとなしい人だけど、学校ではちゃんと、いつも上手に作り笑いをしてます」

彼女は母に向かって、微笑んだまま上品な口調で言った。

作り笑い？　失礼なとぼくは思ったが、それも本当のところわりと核心をついており、ぼくはついつい黙ってしまう。

母がそんなぼくらを見て笑う。いつの間にか、母はカウンターの外に出ていて、例の常連客のおばちゃん専用の丸椅子を彼女に勧めようとしているのだ。

「作り笑いね、やっぱり。明日太はそうだろうと思った。ねえ、よければここに座って」

「わあ、ありがとうございます!」

元気よく彼女は言いながら丸椅子に腰かける。とにかく絵になる最音さんは、丸椅子に座ってもやはりお姫様らしく美しかった。

彼女は嬉しそうに店内を見回して、微笑んでいる。完全に調子を狂わされたぼくは、疑問に思っていたことを彼女に聞いた。

「なんでうちが花屋だって知ってたの。てか、なんで来たの」

最音さんが、ぼくを見る。

「なんでだと思う?」

「まったく見当もつかない」

「即答しないで、ちょっとは真面目に考えてよ。真面目に考えないと答えてあげない」

最音さんは少しすねたような顔になる。こんなにも表情がころころ変わる彼女をぼくは見たことがなかった。

「だって、最音さんとはほぼ話したことないだろ。ぼくの家がここだって知ってる同級生は学年にふたりしかいない。最音さんがそいつらと知り合いだとは思えない。ぼくは学校では花の話をしたことがないし、花屋だって話もほぼしない。最音さんがわざわざここまで来るような理由も思いつかない」

ぼくが言うと、最音さんは片方の眉を上げて、

「菊川くん、探偵みたいな話し方するね」

と言ってまた笑う。彼女は丸椅子から立ち上がり、生花の入ったバケツを眺めながら言った。

「そうだ、菊川くん、わたしに花束作って。部屋に飾るの。小さいのでいいから。お願い」

その瞬間、彼女はクラスメイトから客になる。

ぼくは気が乗らないながらもカウンターの外側に出て、ほとんど反射的に「花瓶持ってるの？　長さどれくらい」と聞いてしまう。

「そっか、花瓶か。わたしの部屋にはない。家にはあるけどあんまり可愛くないから小さい花瓶買おうかな」

「ないなら、使ってないマグカップとか、ジャムの空き瓶とかならあるだろ。短くて小さい花束でいいならそんなので十分飾れるよ」

ぼくが言うと最音さんは、ぱあっと明るい表情になる。

「菊川くん、なんか花屋さんっぽい」

「花屋の息子ではあるし、確かにこうやって手伝ってはいるけど、ぼくは花屋じゃない。で、どんな花飾りたいの？　この花だけは絶対入れたいとか、こんな色がいいとか、なんかないの」

ぼくがそう彼女に言うと、後ろから父親が口を挟む。

「お客さんに対してなんだ、その言葉遣いは。もっと丁寧に言わんか」

「そうよ、こんな可愛いお客さんめったに来ないんだから。真面目にやんなさい、真面目に」

と母親までぼくに文句をつけてくる。だからぼくは花屋じゃないって言ってるだろ、とつい言い返してしまいそうになる。

最音さんはそれを聞いてまた笑う。そして彼女はぼくの両親に向かって、とても丁寧な口調でこう言った。

「いいんです。大丈夫です。わたしたち仲良しですし、わたし、菊川くんには大きな借りがあるんです。偉そうにされても文句は言えないんです」

仲良しになった覚えもなければ、大きな貸しを作った覚えもない。あるとするなら、助け舟を出したのに平手打ちをされたことくらいだが、あのときのお礼もまだ言われておらず学校でも無視をされているぼくとしては、なんとなく腑《ふ》に落ちない。けれど両親の表情はとても嬉しそうで、ぼくはため息をつく。

「いつから仲良しになったんだよ」

ぼくが言うと、

「明日太、あんた、なに照れてんの」

母親がまた口を挟む。

「真面目に接客しろ」

と父もそれに便乗するようにぼくに言う。それを見て最音さんがまた嬉しそうに笑うという、普段は会話すらしないクラスでのぼくと最音さんからは想像もつかない不思議な光景が店の中で繰り広げられており、ぼくはなんだか眩暈《めまい》がしそうになる。

「菊川くんにおまかせするから、可愛い小さい花束作って。部屋に飾って楽しくなるようなのがいい。あ、いい香りがするのがいいな」

最音さんはふふ、と笑いながら言った。普段あんなにも無表情な彼女の笑顔には、相当の破壊力があり、ぼくは悔しいながらもまたそれを可愛いと思わずにはいられなかった。

「わかった。じゃあ、マグカップで飾れるくらいの小さいサイズで作るよ」

ぼくが言うと、最音さんは、

「嬉しい。お願いします」

と丁寧な口調で返す。これがぼくにいきなり平手打ちをした女の子と同一人物なのだから、女子というのは恐ろしい生きものだ。

ぼくは彼女のリクエストどおり、香りのいい花や見た目の可愛らしい花を選び、手に取って小さなブーケを組んでいく。彼女はそれを、本当にわくわくしたような顔で眺めていた。

最音さんから漂ういつもの花の香りは完全に店内の香りと同化している。嗅覚の鋭いぼくでも、店の中にいると彼女の香りはわからなくなった。

「うわ、可愛い。すごく可愛い」

ぼくの手元を見て、彼女は言った。ぼくは素直にとても嬉しかった。自分の選んだ組み合わせが客に喜ばれたときはいつだって嬉しいものだ。

淡いピンクのガーベラに、レモンイエローとクリーム色のスイートピー、卵色のマトリカリア、淡いピンクの芍薬、アイビーホワイトリップル。

わざわざ説明するのは恥ずかしいから言わないが、芍薬を入れたのは最音さんのイメージだった。立てば芍薬。リクエストの香りにはスイートピー。マグカップに入れたときに可愛い感じになるように長さのあるアイビーをくるりと巻き付けておいた。

ぼくは花束の茎を切りながら、最音さんの部屋はどんなだろうと想像してしまうのを止められなかった。

これが飾られるのは勉強机？　テーブル？　それともベッドサイドだろうか。

だめだ、これじゃあ変態じゃないか。

「思ったよりもずっといい。なんか感動しちゃった」

彼女がそう言ってぼくを見る。このセリフはどうやら嘘ではなさそうだ。

「気に入ってもらえてよかった」

ぼくが花束を茶色のペーパーで巻いて彼女に手渡す。お金を払おうとした彼女に、父が言った。

「今回は、明日太の仲良しの友達ってことで、サービスだ。明日太はまだ見習いだし、今回はお金はいらない。また来てくれたら、次からは友達割引はするけどきちんと代金をいただくよ」

父の言葉に、最音さんは大きな目を見開いて、ぼくを見る。母もうんうんと言って頷いた。

「ぜひまた来てね。お喋《しゃべ》りしに来るだけでもいいから」

お喋りしに来るだけでもいいはずなんてないだろ、とぼくは思ったが、母は本当に嬉しそうだった。母がこんなことを言うなんて、余程彼女のことが気に入ったのだろう。

「ありがとうございます。必ずまた来ます」

最音さんが言い、ぼくもつい、

「またのご来店をお待ちしております」

と言ってしまう。花束を褒められて少し調子に乗っていたのかもしれない。

ぼくは、気が付くと笑っていた。

花束を手に軽やかに歩く最音さんを見送りながら、フラワーキーパーの中にある鏡に映った自分の顔を見て驚く。

ぼくはこんな顔で笑うのか。これがぼくの笑顔なら、学校でのぼくが作り笑いだと言われても無理はないと思った。


翌朝、母とふたりで朝食の準備をしていると、父が仕入れでいないのをいいことに、調子に乗った母がぼくに言った。

「ねえ明日太、昨日は友達って言ってたけど、本当は彼女だったりして？」

いい具合に黄身の固まりかけた目玉焼きをフライパンから皿に移しながら、母はやけに機嫌がいい。そんな母の期待を裏切るのは気が引けるものの、もちろん最音さんはぼくの彼女なんかではなかった。

「そんなわけないだろ」

自分のグラスにコーヒー牛乳を注ぎながらぼくが答えると、母は心の底から残念そうに、そうよねえ、とひとり言のようにつぶやく。

「あんなに綺麗な子が、明日太の彼女なわけないか」

「自分の息子によくそんなこと言えるよな」

トースターにふたり分の食パンをセットする。これも商店街のパン屋で買ったもの。

小さい頃からこの食パンしか食べたことがないからこれが普通のパンなのだと思っていたが、偶然なにかで市販の食パンを食べる機会があり、それが嘘みたいに硬くて味がなく、ぼくはそのとき初めて、自分が毎朝食べているこの店の食パンがどれだけうまいかを知ったのだった。

「彼女になってくれる予定もないの？　あんな子がうちの店にお嫁に来てくれたら、看板娘になってお客さんも増えそうなのに」

母がしつこく聞いてくる。しかも今度は嫁ときた。妄想もたいがいにしてほしいとぼくは思ったが、つい出来心で彼女がエプロン姿で店に立っているところを想像してしまう。まるで映画かＣＭのヒロインだ。

「彼女にはならないし、もちろん嫁にも来ない。なんなら友達ですらないよ。なんで来たのかだってわかんないしさ」

精いっぱいの平気な顔を装って答えたが、本当のところぼくはそのとき、彼女の行動についての疑問で頭がいっぱいだった。一番驚いたのはたぶん、母でも父でもなくぼくなのだ。

昨日はうまくはぐらかされてしまったが、なんで店の場所を知っているのか、なぜわざわざぼくの家までたずねてきたのか。

いつの間にか剛が彼女に話しかけていろいろとばらしていたというのも考えられな

くはないが、剛の性格上、最音さんと喋った、仲良くなったなんてことがあれば話さずにはいられないだろう。

彼女はぼくに『会いに来た』と言ったけれど、そんなのは嘘かでまかせに決まっている。

結局、彼女はなにひとつ、ぼくの質問に答えてはいないのだ。

パンが焼ける匂い。甘い、いつもの朝の匂いがぼくの鼻を満たしていく。

「残念ねえ、ちょっとでいいから、友達か彼女になってもらえるように、頑張ってみなさいよ」

母に例えばぼくが彼女から平手打ちをされたことを話したらどうなるだろうと考えた。例えば彼女が、売られた喧嘩は必ず買うタイプだということや、女子数人に囲まれてもひるまないどころか相手に暇だのなんだのと言ってのけ、余計に相手を逆上させるような女の子だと知ったら。

ぼくはなんだかおかしくなって、ぷっと吹き出してしまう。

冷蔵庫から取り出しておいたバター。ぼくは丁寧にそれを焼けたパンの表面に塗る。バターの塗り方ひとつで朝のパンは格段にうまくなる。母のパンにはバターの上からこれまた商店街の和菓子屋から定期的に買っている小豆餡《あずきあん》を塗りつける。あんバター食パンは母の定番の朝食だ。

「まあ、友達くらいならね。努力するよ」

　ぼくは焼きたてのトーストを一口かじり、バターの味を堪能してから目玉焼きの黄身だけを取り、そのままパンの上に乗せる。なぜ黄身だけなのかというと、トーストの二枚目には白身だけを乗せるからだ。

「努力して、仲良くなって、早くまた連れてきて。私、あの子のことがとっても素敵だと思うの。綺麗だし、笑顔が可愛いし品があって、今時いないわよ、あんなお嬢さん」

　母が最音さんを褒めるたび、ぼくは笑いだしそうになるのを堪えていた。ぼくは二枚目のパンをトースターに乗せながら言った。

「品があって、か。確かにまあ美人だし、ぱっと見、立てば芍薬座れば牡丹って感じだけど。実際、よく見たら棘だらけだし、茎はぐねぐね曲がってるし、相当扱いにくいワイルドフラワーだと思うよ、あれは」

　このとき、母に向かってでたらめにつぶやいた自分のセリフをぼくはこのあと、何度も実感することになる。

　彼女と関わり始めてからのぼくの日々は、とびきり美しく、飛び抜けて扱いにくい花との格闘の日々になったのだ。

　その日、登校すると教室にはもうすでに、彼女の姿があった。

最音莉愛はいつものとおり、ペットボトルの水を片手に自分の机のすぐそばにある窓に寄りかかるようにして立っていた。

外を眺めているのか、それともただぼんやりしているだけなのかわからないけれど、そこには誰も寄せ付けない、圧倒的なオーラが漂っている。

あれが昨日、ぼくのことを仲良しの友達だと言った彼女と同一人物だとはとても思えない。けれどぼくは、勇気を出して彼女に話しかけるべく、教室の中で彼女に歩み寄っていった。

朝の教室はいろいろな匂いに満ちている。

さっきまで焼きそばパンを食っていた男子がいる。香水をつけすぎた女子がいる。前の日に餃子を食ったやつがいる。隣の席のやつの柔軟剤が変わった。朝練してきた野球部の、汗と制汗スプレーの匂いが混ざっている。

担任が授業前に煙草を吸ってきたときや、前日に酒を飲んで二日酔い、授業前にトイレで吐いてきた、なんてことまでぼくにはわかってしまう。

彼女に近づけば近づくほど、ぼくが感じる花の香りは強くなる。

気のせいなのだろうか。彼女を初めて認識したあの日、渡り廊下で彼女の香りに気が付いた日よりもずっと、花の香りがより濃厚になっているような気がする。もちろんこれは、人より嗅覚が鋭いぼくにしか感じられない濃厚さだ。彼女自身は、この香りに気が付いているのだろうか。

いったい、この香りのもとになっているのはなんなのだろう。

例えば、彼女が生の花を山ほど抱えて歩いていれば、こんな香りがしても不思議はない。ぼくと同じ、実家が花屋？　いや、彼女の親は医者だって噂だ。

例えば花の香りを謳《うた》った香水やシャンプーを使うだけでは、偽物の花の香りはしても、こんな香りにはならないはずなのだ。

ぼくがあと一歩のところまで近づくと、彼女はようやく振り向いた。

「おはよう。昨日はどうも」

ぼくは言った。クラスの視線がぼくに集まっているのを、痛いほどに感じる。昨日の彼女とはまるで別人の、人形みたいに感情のない冷たい表情で、彼女は答える。

「どうも」

あまりにそっけない彼女の返事にぼくはがっかりしてしまう。やっぱり昨日の彼女は幻かなにかだったのかもしれない。

昨日のことが幻なのかもしくは、昨日の彼女は彼女にそっくりな、まったくの別人でないかを確かめるために、ぼくは言った。

「ブーケは、ちゃんと飾れた？」

彼女は少しだけ考えるような顔をしてから、小さく頷いた。

「うん。おかげさまで、部屋が明るくなった。使ってないマグカップに飾ったの。すごく可愛い。スイートピー、香りもすごくいい」

不覚にも、ぼくはまたしても喜んでいた。彼女の言葉が嬉しかったのだ。浮かれる気持ちを悟られないよう、冷静を装ってぼくは言った。

「それは、よかった」

ぜひ、また来てほしい。両親も待っているから、と、喉の奥まで出かかっていたのにやはりそれは言えなかった。

こういうとき、いつもなにかぼくの心でもやもやしているものを、隣で言葉にしてくれるのが剛だった。ぼくが求めなくても。保育園、小学校、中学に入ってからもずっとだ。

ぼくは正真正銘のいくじなしだった。

「昨日はサービスしてもらったから、次はちゃんと買いに行くね」

氷のような彼女の表情が、ほんの少しだけ緩んだように見えた。ぼくはたまらなく嬉しくなって、けれどそれを悟られないように、慌てて答える。

「あ、それなら今飾ってる花が、萎れる前に来るといいんじゃないかな。ほら、枯れた花を飾っておくのはあまりよくないから」

ぼくの言葉を聞いた彼女の表情が一瞬で、曇ったように見えた。

今ならぼくにも、彼女がこのときさっと、悲しかったのだろうということがわかる。彼女を傷つけてしまったのだということが。

けれど本当に愚かなことに、このときのぼくにはまったくもってわからなかった。

彼女の表情が曇った理由が。

「そうなの？」

と、冷たい表情に戻って、彼女は言った。

「花は枯れるから、散るから美しいんじゃないの？」

彼女はぼくの目を見ていた。その眼差しが途方もなく澄んでいて、ぼくはなんだか幻を見ているような気持ちになる。

それはなんとなく彼女らしくないセリフだったが、妙に説得力があった。その言葉には、ぼくも同感だった。

「そうだよ。どんなに精巧に造られた造花でも、絶対に本物の花には勝てない。花は散ることが美しさだから」

ぼくが言うと、強張っていた彼女の表情が少し和らいだ気がした。

「じゃあ、枯れた花はよくないなんて、簡単に言わないで」

少し怒ったように、彼女がぼくに向かって言う。

ぼくらが会話をしているのが不思議なのだろう。クラスの誰もが、横目でぼくと彼女のことを観察しているのがわかった。

ぼく自身だって不思議なのだから仕方ない。ぼくはまたしても、慌ててなにかを取り繕うように、彼女に言った。

「枯れた花がよくないって言いたかったんじゃないよ。つまり、その、なるべく近いうちに、また店に来たほうがいいってこと」

彼女はその大きな目を見開いて、少し笑った。

「菊川くんって、正直だよね」

ぼくはつい、恥ずかしくなって目を逸らす。穴があったら入りたかった。

3

氷の女王とゴッホの向日葵

その日以来、放課後になると彼女は、多いときは一週間に二度、三度と、うちの店に遊びに来るようになった。

ただ遊びに来るだけの日は、店で常連客のおばちゃんと彼女が楽しそうに話すこともあったし、カウンターの中にまで入ってきてぼくの仕事の邪魔をすることもあった。週に一度、彼女はぼくに小さな花束を注文した。部屋に飾る、マグカップサイズの短くて小さな花束だ。彼女のオーダーはいつも、いい香りのする可愛い花。

「菊川くん、花束作って」

彼女がそう言いながら店に入ってくることを、ぼくはいつしか心待ちにするようになっていた。彼女の顔を見るとつい思いきりにやけてしまい、ちょっと迷惑そうな顔を作るのも至難の業。もちろん両親にはぼくが喜んでいることはバレバレだ。

そしてある日、学校帰りに店の前を通りがかった剛が、店にいる最音さんを目撃した。

びっくりしたなんてもんじゃなかっただろう。

ぼくとしては、彼女が頻繁に店に来るようになったということと、最音さんが倒れたのを保健室に運んだことも誰にも言えなかったということ、いろんな理由が重なって、剛になんて説明していいのかも、話すタイミングもわからなかったのだ。まあこれは、言い訳。

店の外からちらりと中を覗いた剛は、絵に書いたみたいな二度見をしたあと、口をぱくぱくさせながら店に入ってきた。

「なんで、なんで氷の女王がこんなとこにいるんだよ」

最音さん本人が目の前で聞いているっていうのに、そんなことはおかまいなしに剛はぼくに詰め寄ってくる。

「なんで俺は知らないんだよ。いつの間に仲良くなってたんだ。ビンタされた相手とよく仲良く……」

言いかけた剛の口をぼくは慌てて塞いだ。それを見ていた最音さんが言った。

「止めなくていいよ。菊川くん。ねえ、氷の女王って、わたしのこと？　あなたが命名したの？」

彼女は剛に顔をぐっと近づけて、ふふんと不敵な笑みを浮かべながら言う。

「ねえ、そうなの？　氷の女王って、わたしのこと？」

「す、すみません！　許してくださいすみません！」

剛は最音さんに思いきり頭を深々と下げる。すると彼女はそれを見て、ふふっと声を出して笑った。

「氷の女王って、悪くないかも。気に入った。ねえ、菊川くん。どう思う？」

剛は恐ろしいものでも見るように、文字どおり凍りついたように固まって、至近距離にある最音さんの顔を見つめている。

「こんなアップに耐えられる美人って、なかなかお目にかかれないよな。女王の風格だよ、なあ明日太」

凍りついているくせに、言うことだけはやっぱり剛らしい。剛のセリフに、彼女は笑った。

「うわ、笑うとめちゃくちゃ可愛いじゃないですか、なあ明日太。氷の女王の笑顔が見られるなんて俺ら、ラッキーだよな、な？」

ぼくに同意を求めてくる剛。ぼくが、ああ、うん、と歯切れの悪い返事をすると、最音さんは剛に言った。

「じゃあ、特別に許してあげる。特別だからね」

「女王に失礼をしてしまったお詫《わ》びと言ってはなんなんですが、俺を氷の女王の召使いにしてもらえませんかね」

剛がおどけた調子で言い、最音さんは「召使い？」と怪訝そうな顔で聞き返す。ぼくもよくわからなかったが、剛がよくわからないことばかり言うのはいつものことだ。

「はい、召使いです。まあ、パシリみたいなもんっすね」

剛がどこまで本気で言っているのかわからないが、氷の女王本人を目の前にして、舞い上がっているのか、もしくは、報復のビンタが怖くて女王に媚《こ》びて許してもらおうとしているのか。

「ふうーん」

最音さんは腕組みをして、少し考えるような顔をしてからふふっといたずらっぽく笑って言った。

「どうせなら、召使いじゃなくて騎士《ナイト》にしてよ。二人組の騎士を従えてるなんて、氷の女王にぴったりじゃない」

「え、二人組？」

思わず反応してつぶやいてしまったのはぼくで、そのぼくを見て、剛がにやりと笑う。

「もちろん喜んで。なあ、明日太」

「え、なんでぼくまで」

「いいだろ、三銃士みたいでかっこいいじゃん」

「ぼくは志願してないし、銃士と騎士はちょっと違うだろ」

「同じようなもんだろ」

わけのわからない言い合いをしているぼくらを、両親が不思議そうに眺めている。

最音さんは、まあまあ、となぜかぼくらの間に入り、ぼくらを宥《なだ》める役割に回って言った。

「女王の護衛、仲良くよろしくね。二人組の騎士さん」

その日から、剛とぼくはなぜか氷の女王の護衛をする騎士ということになった。

剛はやたらと張り切っていた。休み時間には前にも増して堂々と、女王の護衛と称してぼくのクラスに来るようになった。

「女王、おはようございます！　本日の護衛に参りました！」

騎士になって初日、剛が最音さんに挨拶すると、クラス全員がぎょっとしたような顔でぼくらを見た。

「え？　ほんとに来たの？」

と女王は心の底から面倒くさそうにそう言い放ち、そのあとは、仮にも騎士である剛に対してももちろんぼくに対しても見向きもしない。

そんな光景も毎日のこととなると、クラスメイトも「またいつものやつか」という目でぼくらをちらりと横目に見るだけになった。

彼女は相変わらず、毎日ぼくに対しても剛に対してもクールを貫いていたが、剛があからさまに『護衛』という言葉を連呼するおかげで、女子生徒たちの最音莉愛に対する嫌がらせは、目に見えて少なくなっているようだった。

もちろん女子たちは、氷の女王をリスペクトしているわけではなく、よくも悪くも目立つ男である剛と、その剛が堂々と『護衛』しに来ている『氷の女王』に嫌われたくないと意識しているのが見え見えだった。

当然ながら、剛はそこまで考えてそういった行動を取っているわけではないのだが、悪ふざけとしか思えなかった女王の護衛も、少しは意味があるのかもしれないと、ぼくは思うようになっていた。

騎士になる以前にぼくには彼女の見守り係という正式な使命もあり、ある意味堂々と彼女を見守れるようになったこの環境は、ぼくにとっても悪くはなかった。

あの日の放課後も、彼女は制服姿でうちの店にやってきた。店内をぐるりと見回して、

「はあ、いい香り。わたしここに来ると、生き返る感じがするな」

彼女が両手を挙げ、うーんと言って伸びをする。

店に慣れてきたのか、人の家なのに彼女はずいぶん自由に振る舞っている。そしてぼくも、彼女が店にいるという状況に、なぜか慣れてきてしまっている。

店内は水替えの真っ最中。花で溢れかえり、コンクリートの床は水で濡れている。強い香りのするユリや、バラのアバランチェ。色とりどりのスイートピー。柔らかな

ラナンキュラス。

「そう言ってもらえると嬉しいわねえ。好きなだけ長居してってね」

母はそう言って笑う。本心で言っているということがわかる声のトーン。父も嬉しそうに笑っている。

「へへ、ありがとうございます。今日は少し暑かったから、お店が涼しくて天国みたい」

彼女の言ったとおり、外は久しぶりに日差しの強い日だった。

ぼくは洗ったバケツに新しい水を入れて運んでいたところだ。

彼女が、あー涼しい。とつぶやきながら、ぼくのそばに近づいてきた。

花屋の店内は基本的に年中涼しい。寒いといってもいいくらいだ。フラワーキーパーの外にある花でも傷まない温度に保つため、冬もほとんど暖房はつけないし、少しでも気温が上がる季節になると冷房でガンガン冷やす。

どちらかというと人間が花に合わせているのが花屋の店内で、冬場は保温性のあるインナーにブーツ、ダウンジャケットを着て仕事をするし、夏もなにかしら羽織るのがちょうどいいような温度。

「ああ、暑かった。ずっとここにいたいなー」

ぼくのすぐそばに彼女の体があり、長い髪と白い腕が楽しそうにゆらゆらと揺れている。

彼女は学校では、相変わらずあまり感情を出さない。そうかと思えば悪口を言うやつを思いきり睨《にら》みつけてみたり、三倍返しの勢いで言い返してみたりと、穏やかではない。

強い彼女には騎士なんて必要ないんじゃないかと思うくらい、氷の女王はほとんど無敵なように見える。

教室ではぼくに対しても、笑顔も少ない冷たい感じのする彼女だが、店に来ているときは本当に、なんだか無邪気で自由で楽しそうだ。

「ちょっと、今、邪魔するなら早く帰れよって思ったでしょ」

彼女を見つめてしまっていたぼくに、無実の罪を着せながら詰め寄ってくる彼女は、本気でそう思っているのかそれとも冗談のつもりなのか。

「思ってない、思ってない。言いがかりはやめてくれ」

「明日太は嬉しいに決まってるわ。心配しないでゆっくりしてってちょうだい」

店の奥のスペースから、母が顔を出して口を挟む。

「ねえ、よかったらこっちに来て。休憩しましょ。おいしいお茶とお菓子があるの。いただき物だけど」

彼女の顔が、ぱあっと輝く。

「いいんですか、わたしすごく喉が渇いてるんです！」

彼女がいつも片手に持っている、ペットボトルのミネラルウォーターは空だった。ぼくの観察したところによるといつも四、五本は持ち歩いているはずの予備のぶんも飲みきってしまったのだろう。

有名な海外のファッションモデルなんかは一日に五リットルもの水を飲むらしいから、最音さんもスタイルを気にしているのかもしれない。美人は一日にしてならずとはよく言ったものだ、とぼくは思った。

「もちろん、いいに決まってるわ。ほら明日太、彼女をこっちにご案内して」

ぼくは母の言うとおり、はいはいとつぶやきながら彼女を店の奥にある小さなスペースへと案内する。お茶くらいなら沸かせる小さなケトルと、お菓子でお茶休憩くらいならできる小さなテーブルと丸椅子が三つ。

「ほら、こっち、ここの椅子に」

座って、とぼくが彼女に言いかけたときだった。

突然、ぼくの体の方向に、すぐそばにいる彼女が、ずずず、と倒れかかってきたのだ。

「え、ちょっ、うわ」

とっさに両腕で、彼女の体重を支えて抱きしめるような体勢になる。抱きかかえた彼女の体は、怖いくらいに軽くて、熱くて、そして冷たい。あのときの記憶がよみがえる。

「母さん！　氷枕とか、氷嚢とか、なんでもいいから冷たいもの！　あと、水分補給しやすい飲み物も！」

ぼくは言った。保健室での先生の対応を思い出しながら、彼女を抱きかかえて支えながら。とんでもなく、か弱い生きものが今、ぼくの腕の中にいて、ぼくの助けを必要としている。女王は無敵なんかじゃない。騎士はほんとうに彼女にとって必要な存在なのかもしれない。

「明日太！　奥に連れていってやりなさい！」

様子を見ていた父が言った。

テーブルと椅子のある休憩スペースのそのまた奥に、畳が敷かれた小さな部屋がある。ぼくは彼女を抱きあげ、段差を上がってその部屋に、彼女をそっと降ろして寝かせてやる。

「ごめんな、布団もベッドもないけど。すぐになにか持ってくるから」

ぼくは彼女にそう言って立ち上がる。

慌てて氷嚢と飲み物を運んできた母が、彼女の首筋にそっと手を当てた。

「汗びっしょりだわ。熱中症なら、起こして水分も取らせてあげなきゃ」

母が言った。ぼくはいそいで二階に上がり、薄いマットレスにタオルケットや枕を自分の部屋から持ってくる。マットレスを畳に敷き、ふたたび彼女を抱きあげてゆっくりその上に寝かせてやる。やっぱり怖いくらい軽い。

彼女の髪が、白い額と頬に汗でくっついている。ぼくが指先を伸ばしてそれを取ってやろうとすると、彼女の両方の眼が、そっと開いた。

「あれ、菊川くん……」

彼女が薄目でぼくを見上げている。絞り出すような声で言った。

「……二回目だね、抱っこしてくれたの」

苦しそうな顔で、ちょっと微笑んでいる。ぼくは氷嚢を彼女の手に持たせてやり、母親が持ってきたペットボトルの水を差し出す。

「はいこれ、自分で飲める？」

「飲めないって、言ったら飲ませてくれる？」

倒れたくせに、人をからかうのだけは一人前なのが最音さんらしい。

「飲めるなら自分で飲んでくれ。ていうか、二回目だねって、あのとき、ぼくが助けたの知ってたのか。なにも言ってこないから、知らないのかと思ってた」

ぼくが言うと、彼女はへへ、と小さく笑う。

「運んでくれてるなあって、思ってた」

「は？　なんだよ、意識がなかったんじゃないのかよ」

　ということは、と、ぼくは思う。保健室でのぼくと先生の会話も、彼女には筒抜けだったってわけか。

「意識はうっすらあったよ。でも自分で立ち上がれなかったのは本当だし、目の前真っ暗だったから、感覚と音だけ」

「ああ、そう」

　今更ながら恥ずかしくなってくる。先生から最音莉愛の見守り係に任命されて若干浮かれていたのも丸聞こえ、彼女を気にしてすぐに保健室から出て行かなかったことも、彼女は知っていてこの態度なのだ。

「本人公認の、見守り係に昇格だね。わたしに内緒にする必要なんてなかったのに。あと、わたしが体育休んで悪口言われるから、倒れるってこと言ったほうがいいんじゃないかって、先生に言ってくれてたでしょ。あれ、すごく嬉しかった。本物の、騎士だね、菊川くん」

　畳に寝かされたままとはいえ、だんだん饒舌《じょうぜつ》になってくる彼女は、少し元気を取り戻したようだ。

「背中、痛くない？　大丈夫なら、しばらくここで休んでったらいいから。じゃ。ぼくは仕事に戻るよ」

「優しいよね、菊川くん」

彼女に優しいとか正直だと言われると、なぜかからかわれているようで素直に喜べない自分がいる。ぼくは彼女の言葉に返事はせず、彼女を寝かせたままで、仕事に戻った。

仕事をしながらも、一度目に体育館裏で倒れたときに、彼女がうっすらでも意識があったという事実や、保健室での先生との会話を彼女が聞いていたという事実、抱きあげた彼女の重み、触れていた手の感触や、彼女から正直だとか優しいとか言われるあの感じを思い出す。

彼女のペースに終始巻き込まれっぱなしのぼくは、いろんな意味で疲れ果てていた。

それでも手先は動かして、なんとか仕事に没頭しようと試みる。

「彼女、もう大丈夫なのかしら？ ひとりにしていいの」

心配そうに母が言い、ぼくは「大丈夫だと思う」と返事をする。

「学校でも倒れたことあったし、暑い日はよくああなるらしい。保健室の先生も知ってるくらいだったから、かなり頻繁になるんじゃないかな」

「そう、そうなのね」

母は店の奥で横になって休んでいる彼女を覗き込みながら答える。

「送ってやりなさい」

今日配達のアレンジを作っていた父が、ナイフ片手にぼそっと言った。

「彼女が起きられるようになったら、明日太が彼女の家まで送っていってやりなさい」

ぼくはわかったと返事をし、仕事の続きに取りかかった。


「ご迷惑おかけしてしまって、ごめんなさい。ありがとうございます」

すっかり日が暮れて、閉店時間が迫っていた。昼間よりはかなり涼しくなっていて、歩くのも苦じゃなさそうだ。そろそろ腹も減ってきた時間帯。

店の入り口で、彼女がぼくの両親に向かって頭を下げる。

彼女の隣でぼくは、彼女の通学鞄《かばん》や手提げバッグなどの荷物を彼女のかわりに持たされている。父が持ってやれと言ったのだ。

母が眉を八の字にして言った。

「迷惑なんて、そんなわけないわ。気にしなくていいの。元気になってよかったわ。また遊びに来てちょうだいね」

「おい明日太、ちゃんと無事に送り届けるんだぞ」

父はぼくに念を押すように言う。付き添いがぼくでは不安らしい。

「わかってるって。大丈夫だよ」

そのやり取りを見て、最音さんがふふっと笑う。

「大丈夫です、お父さん。菊川くんって、意外に頼りになるんですよ」

ぼくは一瞬、どきっとしてしまう。彼女がぼくの父を『お父さん』と呼んだことも、頼りになるなんて言われたことも。

「意外にってなんだよ」

ぼくがぼやくと母が、

「あら、意外ね」

と言って、彼女と顔を見合わせて笑う。女同士ってなんでこうなんだろう。

父がまたそれを見て笑いながら言った。

「こんな息子でも、頼りになるんならいくらでも使ってやってくれ」

「父さんまで。しかもこんな息子ってなんだよ」

ぼくがぼやくと、最音さんがにっこりと微笑む。

「素敵な息子さんです。とてもいい人ですよ、菊川くんは」

なんだか大人みたいな言い方で、ぼくのことを褒めてくれる最音さん。たとえ両親へのお世辞だとしても、素敵と言ってもらえて嬉しいような、いい人なんて言われてちょっと気に食わないような中途半端で不思議な気持ち。

「はいはい、意外に頼りになるぼくが、ちゃんと送り届けるから。ほら、腹も減ってきたしさっさと行こう」

「お邪魔しました。菊川くん、お借りします」

彼女がぼくの両親に手を振りながら、どこかはしゃいだ声で言う。ぼくはというと、このあとひとりで彼女を家まで送るということの状況を考えると、とてもじゃないが彼女のようにはしゃいだ声なんて出なかった。

暗くなった道を、ぼくは彼女の荷物をかごに入れた自転車を押して、彼女の隣を歩いている。最音さんとふたりで並んで歩くのは初めてだった。

ひたひたと冷たい、少し湿った夜の空気が心地よく、風が彼女の制服のスカートをふわりと持ちあげる。

「菊川くん、上見て」

唐突に、彼女が言った。

「上？」

「うん。空、見てみて」

彼女が見上げている空を、ぼくも一緒に見上げてみるけれど、あるのはいつもどおりの空だ。

満月から少し欠けた月、雲はほとんどなく、濃紺のドームに閉じ込められている。

「とくになにもないように見えるけど」

ぼくが空を見上げたまま答えると、彼女はふふん、と得意げに笑って言った。

「菊川くんはまだまだだね」

「まだまだって、なにが」

「月が綺麗ですね、とか言えないの？」

「そりゃあ、月は綺麗だけどいつものことだし」

ぼくが答えると、彼女は呆れたという顔でぼくを見る。

「夏目漱石《なつめそうせき》」

彼女はぼくをじっと見つめて言った。美人は得だ。月明かりの下で誰かを見つめるだけで、こんなにも人をどきどきさせられるのだから。

「夏目漱石？」

「わかんないの？　家に帰ってから調べなさい」

最音さんがぴしゃりとぼくに言う。夏目漱石？　『坊ちゃん』しか知らない。

「わかった。調べるよ」

ぼくは仕方なくそう答える。夜風が気持ちよく吹いた。最音さんの髪が流れる。

「同じクラスの男女ふたりが、一緒に月を見ながら歩くなんてことはそうそうない。今、わたしたちすごく特別な体験をしてるんだよ。これは記念すべき日だから、今日のこの空を、写真に撮っておくべきだと思う」

最音さんが珍しくおかしなことを言っている。

いや、珍しくはないのかもしれない。いきなり変なことを言いだすのはもはや彼女の得意技でもあるのだ。

「写真撮るの？　こんな普通の夜の空を？　まあ、人が写真を撮るのを止める権利はぼくにはないし、勝手にしたら」

「わたしじゃなく、菊川くんが撮るんだよ」

「え、なんでぼくが？」

「こういうときは、男が撮るって決まってるの。しれっと写真撮って、これを君にも送りたいから連絡先教えてって言えばスマートじゃないかな」

またしても、彼女は意味のわからないことを言っている。

夜の河川敷は涼しかった。風の音が耳に心地いい。この河川敷をしばらく行けば、学校のそばのコンビニがあって、その道沿いのずっと先に彼女の家があるらしい。もちろんぼくは、行ったことも見たこともない。

「ほら、早くして。写真はちゃんと、綺麗に撮ってね。記念なんだから」

「はいはい、わかったよ」

ぼくは渋々、自転車を止めてポケットのスマホを取り出した。カメラを起動して、空に向ける。画面いっぱいに濃紺のドームが映し出されて、真ん中にへこんだ月がぽつんとある。ぼくはシャッターボタンを押して、その風景をカメラに閉じ込める。

「撮ったよ」

振り返って彼女に言うと、彼女は嬉しそうに、

「はい、じゃあ次は？」

と言う。

「次は、って？」

「決まってるじゃない。今日の記念に、撮影したこの空の写真、送りたいから連絡先教えてって、わたしに言ってよ」

本当に、無理やりというかなんというか。彼女の性格はぼくにとって未知。小悪魔というより宇宙人。

「はいはい、聞けばいいんだよね」

「そう。ほら早く」

最音さんはやはりどこか嬉しそうな、なんともいえない表情をしてぼくに言ったので、ぼくはとりあえず、

「今日の記念に撮った空の写真なんだけど。君にも送りたいからぜひ連絡先を教えてくれないかな」

と言った。なぜかすごく喉が渇いていた。

緊張するのはなぜなのか、自分でもわからなかった。言わされているのにぼくがど

きどきするなんてなんだか不公平なような気がする。

「ええー、どうしようかなあ」

彼女はにやにやしながらそう言って、もったいぶったような意味深な笑みをぼくに向けた。無理やり言わせておいて、なんてひどいんだ。

「なんだよ、それ。嫌ならもういい。教えたくないなら無理に教えないでくれ」

ぼくは投げやりな感じでそう言って、心なしか速足になっていた。

もうさっさと彼女を送り届けて、家に帰って晩飯を食おう。

ぼくはきっと踊らされているだけだ。彼女の白い手のひらで転がる小人になったぼく。手のひらはすべすべとして柔らかく、立ち上がることさえできない。想像したら、なんだか笑える。

「もう、冗談だって。すねないでよ」

彼女が、あはは、と声を出して笑いながら言った。

そして、ぼくのスマホをぼくの手からいきなり奪い取って、勝手になにやら触り始める。

「おい、勝手に触るな」

「えーなんでよ、エロ画像でもあるのかな。まあそりゃああるよね男だし。大丈夫、見たってびっくりしないからさー」

「いいから、勝手に触るなって言ってるだろ」

ぼくが奪い返そうと伸ばした手をひょいっと避けながら、彼女は指先でぼくのスマホ画面をスクロールしている。

「嫌、返さない。ねえ、お願い」

彼女は立ち止まり、そう言って、ぼくを見た。

「もう一回、言って。言ってくれたら、返してあげるから」

「言ってって、なにをだよ」

「さっきの。空の写真を送りたいから連絡先を教えてって。もう一回だけ言って、お願い」

ぼくらはしばらく黙って、お互いを見ていた。

月明かりの下の涼しい夜。

ぼくはこの夜のことをきっと、一生忘れることができない。

「さっき撮った写真、送りたいから、ぼくに、連絡先を教えてくれ」

言わされたセリフだっていうのに、ぼくはまるで、本当に自分の言葉であるかのようにそれを言った。あるいはそのときはもう、本気でそう思っていたのかもしれない。

「いいよ」

彼女はそう答えて、夜の中で微笑んでいた。すごく楽しそうでもあったし、同時に少し寂しそうでもあった。

「もうひとつ、菊川くんにだけ特別に教えてあげる。わたしの秘密」

彼女は言った。ぼくはこのときの彼女の言葉を思い返すたび、胸が押しつぶされそうになる。

「誰にも言わないって、約束して。いい？」

「うん」

ぼくは小さく頷いた。怖くもあったし、不安でもあった。彼女が妙に清々しい表情をしているのが気になった。

誰にも言っちゃいけないようなこと？　そんな大事な話をぼくに？

いったいなぜ？

「菊川くん、わたし、病気なんだ。特別な病気。全身が徐々に花みたいになる病気なんだって。面白いでしょ。世界でもまだ、かかった人はほんの少ししかいないんだよ。暑いと倒れるのも、水ばっかり飲んでるのもそのせい。ねえ、どう思う？　花屋の菊川くん」

その夜は、眠れなかった。

彼女のカミングアウトのせいで、写真を送ることもすっかり忘れ、連絡先を教えてもらったことも忘れ、ただ、彼女に言われたセリフが頭の中で繰り返されるばかり。

思い出したのは夏目漱石だけだった。

ベッドの中で検索したのは夏目漱石と月の関係について。

諸説あるらしいが、英語のI　love　youを夏目漱石は、月が綺麗ですねと訳したんだそうだ。

ぼくは、いつも苦戦している英語の課題を思い出す。自分なりの訳し方。自分なりの解釈っていうのはこういうことなんだろうか。

だとしたら、ぼくはこんなにもロマンチストには絶対になれないし、自分の言葉で愛を歌った歌詞を訳すなんて、恋すらしたことのないぼくにはあまりにもハードルが高すぎる。

どう思う？　って言われても、ぼくは本当にどうしたらいいのかわからない。

ぼくにできることは、いったいなんなんだろう。

日中の気温が三十度を超えたのは翌日からのことで、本格的な夏を目の前に、最音さんは学校に来なくなった。

剛はぼくのクラスに遊びにやってきては、

「あれ、氷の女王休んでるじゃん」

とつまらなさそうな顔をしてぼくに言う。

女王がいないと張り合いがないだの、目の保養にするものがないだのとうるさいが、彼女が何日もずっと学校に来ていないことに気付いていながら知らんふりを続けているクラスの女子連中よりはずっとずっとましだった。

狭い教室内にいて、彼女の香りがしないのは、ぼくにとってほとんど苦痛だ。

いい香りがする人やものなんて、世の中にはほとんどありはしないのだということに、今更ながら気付かされる。おいしい食べ物の香りだって腹がはちきれそうにいっぱいなときには吐き気を催すほど嫌に感じるものだし、その他の、いい香りとされている香りも全て同じことだ。

強すぎる匂いにはなにひとつ、いいことなんてない。

本物の生の花の香り。最音さんの香りは、他人から漂ってくる香りの中でぼくが唯一、安らぎを感じられるものだった。

あの夜、ぼくに病気を告白したあと、彼女はこうも言った。

「気付いてた？　わたしの体から、生花に似た香りがするでしょ。これも病気のせい。匂いが強くなればなるほど、病気は進行していて重い証拠なんだって。わたしの体の中で、根を張るみたいに病気が広がっていくの。その匂いなの」

とっておきの秘密を共有するときのようなきらきらとした表情だった。だけど彼女の両方の眼だけは泣いているように濡れていた。

「わたし、どうせ散るなら綺麗に咲いて散りたいな」

あの日から、ぼくはずっと夢を見ているような気がする。

あの夜、ぼくのスマホには、最音さんの手によって彼女の連絡先が登録されていた。

最音莉愛。

強く逞《たくま》しく、美しい色鮮やかな花の名前。

サイネリアはもともと、ぼくにとって好きな花でも嫌いな花でもなかったが、彼女に出会ってからぼくはなにかこの花に、特別な感情を抱かずにはいられなくなっている。

登録された番号は結局まだ、一度も役に立っていなかった。

彼女に、空の写真を送る約束だったのに、あのとき病気の話を打ち明けられたことに驚いて写真を送るタイミングを逃し、そのまま今に至っているのだ。

学校に来ていないということは、やはり病気のせいなのだろうか。体調が悪くなって寝込んでいるのだろうか。

あの夜、彼女の不思議な病気の話を聞いてから、ふらふらと漂うみたいに現実味のない気持ちのまま、ぼくは彼女を家まで送った。

すごく大きい豪邸というわけでもないけれど、ちゃんと庭もあって新しい感じのする一軒家が、彼女の家だった。

ただ、夜だというのに家には電気がついておらず、家の前の道は妙にしん、と静まり返っていた。

「送ってくれてありがとう。わたしの騎士さん」

女王は微笑みながら、ぼくにそう言って手を振った。

彼女はバッグのポケットから家の鍵を取り出していて、ぼくに手を振るとひとりで家に入っていった。

彼女の家の隣には、その倍ほども敷地のある豪邸。

その豪邸の住人であるとしたら、確かに相当なお金持ちということになるだろうが、彼女の住む一軒家はごく一般的な一戸建てだった。

最音莉愛が比較的裕福であることには違いないのだろうけど、彼女が学校に寄付するような超お嬢様っていう噂は、やはり嘘っぱちだったみたいだ。

噂。そういえば、彼女が入部したバスケ部をすぐに辞めた、その原因もきっと病気のせいなのだろう。暑さで倒れる彼女にとって、熱気のこもる体育館でバスケ部の激しいトレーニングに参加することは不可能に近かったはずだ。

先輩と揉《も》めたとかいうのもきっと、誰かが勝手に言いだしたことなのだろう。

彼女に少し会いたい気持ちもあるものの、無理に登校して倒れてしまって病気が悪化するくらいなら、家で寝ていてほしい。

しかし、どちらかというといつもアクティブでちょこちょこと動き回るタイプの彼女だから、家で寝ているだけではきっと退屈だろう。

ぼくはあれこれと考えを巡らせて、ようやく彼女に連絡する決心をし、スマホを手に取る。メッセージの送信画面を開き、彼女になんと送ろうか考えた。

【久しぶり。元気？】

却下。元気じゃないから休んでるわけで。

【体調はどう？　毎日暑いね】

却下。なんとなく白々しい。

【約束の、空の写真、送ります。遅くなってごめん】

なんのひねりもないけれど、これでいいだろう。

女の子に自分からメッセージを、それもたいした用事もないのに送るというのは初めてだ。ぼくにはこれが限界なので許してほしい。

この一文と空の写真の画像を一緒に送信すればいい。簡単だ。

あの夜の写真。

ほんの少しへこんだ月と、川沿いの道の夜の闇。彼女とふたりきりで歩いた道。ちょっと不思議な気持ちになった夜。

送信し終えるとなんだかすごく疲れていた。けれど彼女がこれを見て、一瞬でも退屈を忘れてくれたならそれでいい。

メッセージには、すぐに既読のマークがついた。

ぼくはその既読から、彼女の返事が来るまでの間、胸に直接ナイフかなにかで〝既読〟と刻み込まれたかのように、どきどきしながら待っていた。

【写真ありがと】

【ねえ、知ってる?】

【空の写真を撮って送る相手は、自分にとっての愛する人や、とても大切に思っている人なんだよ】

最音さんからのメッセージが連続でぼくの手元の液晶に表示される。

ぼくはそれを読んでつい、

【え、それって、送ってと言われて送った場合も含むの?】

と返してしまう。すると彼女からすぐに、

【細かいなあ。理屈っぽい男はモテないよ】

と返事が届く。

【理屈っぽい男で結構。確かに、ロマンチックな話だとは思うけど、今回の場合には当てはまらないと思う】

ぼくがまたそう返事をすると、彼女から腕組みをしてぷんぷん怒っているクマのキャラクターのスタンプが届く。スタンプに続けて、

【はいはい。でも、これだけは言っておくね。菊川くんはまたわたしに、空の写真を撮って送ってくれると思う。今度はわたしに頼まれてじゃなく、自分の意思でね】

と、なぜか自信満々なメッセージ。未来を予知する力でもあるのだろうか。

【残念ながら、ぼくはそういうキザっぽいことをするタイプじゃない】

ぼくがそう返すと、今度は、

【いいね。普段そういうことしないタイプの人が、そういうことしてくれたときのほうが嬉しいし、ぐっとくるもん。ずるいなあ】

とまるでぼくをからかっているような彼女の返事。

【ぼくはしないと思うけど】

念押しをするためにそう返事をすると、既読がついてからしばらくの間メッセージが途絶える。人を翻弄するのが彼女の特技だ。自覚しているのかどうかは知らないが。

しばらくたってから届いた彼女のメッセージはこうだ。

【わたし、ちょっとの間入院することになったの。暑い時期の間だけ。

涼しくなったらまた菊川くんと一緒に、川沿いをお散歩したい。

自転車で少し遠出もしたいし、買い物もしたいし、旅行にも行きたい。

もし元気で退院できたらそのときは、全部付き合ってくれる？

氷の女王は騎士の護衛なしでは外出できない決まりなの】

なぜ、ぼくに頼むのか理由は不明だが、このときぼくは素直に、彼女が無事に元気で退院してきてくれたなら、なんでも付き合ってやりたいという気持ちになった。

ぼくは上手な嘘や気の利いた嘘はつけない。だからこう返事をした。

【わかった。なんでも付き合うから、とにかく元気に退院してきて】

本心の中の本心。どれくらいで彼女が退院できるのか、ぼくにはまったく見当もつかない。涼しくなったらって、具体的にはいつなのか。

入院しなきゃならないって、本当に大丈夫なんだろうか。

【なんでも？　ほんと？　約束だからね！】

彼女からの返事が届く。しまった、なんでも、というのはちょっとサービスのしすぎだっただろうか。

突拍子もないことを平気で提案する彼女に対し、なんでも付き合うと約束するのはちょっとリスクが高いような気もしなくはない。

【あの、なんでも、ってとこだけ訂正してもらえる？】

ぼくが送信するとすぐに返事。

【だめだよ。武士に二言はないでしょうが】

ぼくは武士ではなく騎士であるはずで、しかもその騎士というポジションだって半ば強制的につかされたものだ。

【最音さんの『なんでも』って、かなり怖いんだけど】

ぼくがそう送ったあと、もう返事は来なかった。訂正は断固として受け付けない姿勢が氷の女王の名にふさわしい。

彼女が学校を休み、店にも遊びに来なくなって数週間が過ぎていた。

急に来なくなった彼女を心配した両親がぼくにしつこく聞いてきたので仕方なく、彼女は病気になって入院しているということだけを伝えた。

まるで自分の娘が入院したのかと思うほど、つらそうな表情をした両親だったが、正直に言うと、ぼくだって、彼女がいなくてものすごく、寂しかった。

寂しいという表現は、少し違うような気もするのだけど、他にうまい言葉が見当たらない。学校の教室に、実家の店先に、いつもいるはずの彼女がいない。いるはずの彼女がいないとそこだけぽかんと穴をあけたみたいに見える。

彼女という存在がぼくの中でこんなにも大きなものだったなんて、自分でも驚いた。

毎日少しずつ暑さが厳しくなっていき、真夏日と呼ばれるような日も多くなった。学校は期末テストが終わり、そろそろ夏休みに差しかかろうとしている。

見守る対象を失った、騎士でも武士でもなんでもないただのぼくは、じりじりと七月のアスファルトに焼かれていた。

そんな頃、なにも言いださずなにも行動を起こさないぼくにしびれを切らしたらしい母親が、ぼくに言った。少しいらいらしているような感じだった。女の子ってこうやって、大人になっても男にずっといらいらしているんだろう。

「あの子、入院してるんでしょう。お見舞いには行かないの？」

母が言うと、父がそれに重ねるように、

「さっさと花持ってお見舞いに行ってこい。あの子が来なくなってから、お前の顔が、毎日毎日、暗くて辛気臭いんだよ。しっかり会って、ちゃんと気持ち伝えてこんか」

ぼくは自分が毎日そんなにも切ない顔でいたのかということに驚いて、え、と思わず声を出していた。

「そんな辛気臭い顔してた？」

「辛気臭いどころじゃないわよ。毎日毎日、朝から晩までこの世の終わりみたいな顔しちゃって」

この世の終わりみたいな顔。

母はぼくに相当いらいらが溜まっているようだ。

父はもっとそうだろうが今日の場合はいつもと逆で、母が態度に出しているので、父は少し感情を抑えているパターンだ。長年同じ店で一緒に働いてきた夫婦のバランスの取り方。阿吽《あうん》の呼吸。

「ほら、母さんが怒ってるだろ。今日はもう手伝いはいいからさっさと行け」

父さんがぼくを追い出そうとして言った。シルバーが混ざり始めたオールバック。ぼくが小さい頃から変わらない髪形だ。

重い鉢や水の入ったバケツを一日に何十個も運ぶことを繰り返すから、父の両腕と肩から背中にかけてのシルエットはまるで格闘家だ。オールバックに格闘家並みの背中。年中日焼けした肌もあいまって、花屋の店主にしては少し強そうな感じが前面に出すぎている。

ぼくが以前そのことを指摘したら、花屋の客っていうのは優しいいい人ばかりじゃないんだと返された。

そう言われて考えてみれば、値切ってくる人だって多いし、生きものだから買ってすぐに枯れたなんて、いちゃもんをつけられることもある。

たいていは、花束なのに花瓶にも入れずにそのまま放置していたとか、真夏にサプライズをしようとして炎天下の車内に何時間も隠しておいたなんて無茶苦茶なことをしたせいだ。そのたびに、状況を聞いて枯れた理由を説明したり、場合によっては家まで見に行ったりすることもあるのだから、父のいかついオールバックも少しは意味があるのかもしれない。

胡蝶蘭《こちょうらん》なんかの高額の品物の場合だと、注文主もお届け先もどこかの会社や店や、時々反社会的組織だったりもする。あるときはぼくひとりで店番中に、病院に入院中の組のお偉いさんのお見舞いにと、三万円ぶんの花籠を注文されてひとりでてんてこ舞いになったこともある。

母さんが優しそうに見えるから、父さんはこれくらいでちょうどいいんだと、父は笑う。

「わかった、花持ってお見舞い行ってくる」

「それでいいんだ」

父がてかてかと頬を光らせて微笑む。母はそれを見て同じように笑う。似た者同士の夫婦。

お互いがお互いにべた惚れだってのはぼくが生まれたときから知っている。子どもがぼくひとりだけなのも、愛しあうふたりの世界を邪魔するのはひとりでじゅうぶんってことだ。

ぼくにもそんな存在がいつか現れるだろうか。

「あの病院なら、お花の持ち込みも大丈夫よ。ねえ、お父さん？　何度か配達にも行ったわよね。ほら、明日太、早く作って行ってきなさい」

急に機嫌がよくなった母親がぼくに言う。ちゃっかり入院先の病院の、花の持ち込みチェックまでしてあったらしい。

取っ手付きの籠に給水フォームをセットして、ナイフ片手にアレンジを作り始める。バラの棘や葉を取ったり、グリーンを短くカットしたりしていると、いつの間にか夢中になっている。

お客さんのイメージするものを具現化したりそれを超えようと花の組み合わせを考えているとき、ぼくはいつも気分が高揚する。

今日は自分が贈りたい相手がいて、その彼女の喜ぶものをイメージしているから余計に、気分が舞いあがっている。心の中は花を贈る相手である彼女のことで満たされていて、とても幸せな気分。彼女にはとても、花が似合う。

ビタミンカラーのオレンジのバラ。フレッシュなバレンシアオレンジみたいな鮮やかさ。淡いレモンイエローのスプレーバラはカップ咲きでころんと丸い。グリーンはたっぷりと溢れ出るみたいに入れる。白いラインの入ったナルコ。アイビーホワイトリップル、レモンリーフ。

夏の風物詩、ヒマワリはいろんな品種がある中から、ぼくの一番好きなゴッホ。繊細な花びらと花の中心にかけてのグラデーションが美しい。ゴッホの描いたヒマワリにも似たこの花で、夏が苦手な彼女に少しでも夏を感じてもらえたら嬉しい。

籠の取っ手部分には少し長めにリボンを結ぶ。ブルーのストライプのリボンは涼しげで、氷の女王にとてもよく似合いそうだ。

氷の女王が入院していたのは、偶然にもぼくが生まれた病院だった。

小さい頃から熱が出たりするたびに連れてこられた、このへんじゃ一番大きな総合病院。広くて開放的な中庭はちょっとした緑地公園みたいだし、建物のデザインは洋館風をイメージしているのか新しいけどどこかレトロな感じだ。

受付で場所を聞き、入院病棟に向かって院内を歩く。

小さい頃から病院は苦手だった。

消毒液やなにかわからない薬品の匂いだけじゃなく、排泄物や食事の匂い。人間が生きて暮らして死んでいく、その全てが一か所に凝縮された独特な匂いが一気に押し寄せて、押しつぶされそうな恐怖を感じるからだった。

彼女が入院しているらしい病棟につくと、部屋の番号に沿って入り口に貼り付けられた患者名を見ながら進んだ。

いかにもおばあちゃんな名前、かと思えばきらきらネーム。ずらっと並んだ名前はどれも単なる記号のようにしか感じないけれど、それを見つけた瞬間にぼくの胸は一気に高鳴る。

ようやくたどり着いた奥の個室、最音莉愛の名前だ。ぼくは抱きかかえた花をしっかりと持ち直し、部屋のドアをノックする。

中から、とても明るいはきはきとした声で「どうぞ」と聞こえた。

重い引き戸を開けると、彼女の姿や景色よりも早く、閉じ込められていた濃密な香りがぼくに襲いかかってきた。

むせかえるような濃くて甘い、生花の香り。

部屋中に満ちていた、彼女自身から発せられる香りだ。その証拠に、部屋には一切、花は飾られていなかった。

この部屋に漂う彼女の香りで体が満たされた瞬間に、ぼくはさっきまでの不快感や恐怖心を全て忘れる。

大きな窓から差し込む光が、ベッドに横になる彼女を照らしていた。

淡いグリーンのパジャマに、素顔の、陶器みたいに真っ白な肌。まるで女神様みたいだ。部屋は寒いくらいに冷房が効いている。

「来てくれたんだ。菊川くん」

彼女の声が、病室の入り口で立ち止まるぼくに届いた。

「あ、えと、うん。花、持ってきた」

ぼくがそう言って、袋からさっき作ったばかりのアレンジを取り出すと、彼女はそれを一目見て「わあ、ありがとう!」と言う。

そんなふうに素直に喜ばれると、なんだか調子が狂ってしまう。袋から取り出したアレンジは、出窓になっている窓際に、ぼくが置いてやる。

「すごく綺麗。ヒマワリ、好きなの。ありがとう。もう夏なんだね」

なんだかいっそう痩せたように見える彼女が言った。もともと余計な脂肪なんて一切ない顔や体から、これ以上搾り取れるものなんてあるのだろうか。確実に、弱っていると目に見えてわかる姿に、ぼくはなんと答えていいのかわからなかった。

黙って頷いていると、彼女は悪戯っぽく笑いながら言った。

「わたしに会えなくて、寂しくて会いに来ちゃった？」

へへ、とぼくをからかうみたいに目を細めて、その姿も少し痛々しいくらいに彼女は細くて、水揚げ前の花みたいに乾いて全身で水を欲しがっているみたいだ。

「寂しくてって、わけじゃないけど。でも、会いたかった」

ぼくは、口からついぽろっと、そんなことを彼女に向かって零していた。自分でも驚いたけど、なぜかその場で訂正する気にはならなかった。

ちょっと驚いたみたいな顔で、彼女がぼくを見ている。

「もう一回、言ってくれない？」

目が、もう笑っていなかった。そのかわり、なぜか瞳が濡れているみたいにぼくには見えて、なにかしてしまっただろうかとぎょっとする。

「もう一回?」

「そう。さっきの、もう一回」

「無理だよ。言えない」

「なんでよ、一回言えたんだから言えるでしょ」

「だめ、無理だよ」

彼女の大きな目で今度は睨まれている。怖い。氷の女王じゃなくメデューサだ。ぼくは固まってしまう。

「わたしは会いたかった。来てくれて、嬉しい。会いたかったよ」

怒った顔のまま、彼女はぼくに向かってまるで辛辣な言葉でも吐くような感じで言った。怒らせてしまったのは間違いなくぼくだ。

「ごめん」

「なんでそこで謝るの? わたしが振られてるみたいになるじゃん!」

今にもベッドから飛び出して殴りかかってきそうな勢いで、彼女はぼくにそう言った。もう本当にどうしたらいいのかわからない。

「ごめん」

「だから謝るなって言ってるじゃん!」

謝るなと言われても、ぼくは他に言葉が思いつかなかった。

いや、思いつかなかったというのは嘘だ。ぼくは嬉しかった。怒っていても、彼女がぼくに、会いたかったと言ったことが嬉しかった。でも、それを嬉しいと言うと二度と言ってはもらえなさそうで、言うのをやめた。

なにか他に話をしなければと考えたぼくが苦し紛れに発した言葉はこれだった。

「ああ、そうだ、そのヒマワリ、品種名がゴッホなんだ」

ぼくが作って持ってきたアレンジ。花籠の中でひときわ存在感を放つレモンオレンジ。

「ゴッホが描いたヒマワリに似た見た目をしているからゴッホ。人気の品種だよ」

「ゴッホ？　ゴッホってあのゴッホ？　耳を切っちゃった？」

彼女は目を丸くして、窓際に置いたアレンジを眺める。ゴッホのヒマワリ。

「そう、あのゴッホ」

「そうなんだ！　わたし、好きなの」

唐突な『好きなの』にちょっとどきっとしてしまうぼく。好きなのって、そりゃゴッホのことに決まっているわけだけど。

「ど、どういうとこが好きなの？」

ゴッホのヒマワリを眺めながら彼女に聞いてみる。そういえば、ゆっくり座ってふたりきりで話をしたことなんて、一度もなかった。ぼくは彼女のことはほとんどなにも知らないに等しい。

「死ぬまで売れなかったとこ。あと、たぶんモテなかったと思うからそこも好き」

「なにその理由」

「だって、絵がうまくてそれがめちゃくちゃ売れてイケメンで女の子にもモテて、とかって、すごい嫌味じゃない？　貧乏で、売れてもなくて、でも描かずにいられないっていうほうが素敵って思う」

「まあそれは、そうかもしれないけど。そんな理由で好きって」

同情？　と口をついて出そうになる。美人で秀才で自由奔放で、好きなものは堂々と好きだと言えて、たぶん好きな男にだって、躊躇《ちゅうちょ》せずにすぐに好きだと言える彼女に、ゴッホの気持ちなんてわかるのかよ、と言いそうになってやめた。

金持ちでもなくモテないぼくにだって、ゴッホの気持ちはわからないのだ。

そのあとの彼女は、というと、見舞いに来たぼくに対して、無茶な要求のオンパレードだった。

果物を剥いてくれと言うわ（ぼくはナイフの名手でもあるのでもちろん得意だ。りんごもオレンジも綺麗に剥いてカットしてやった）。

コーラとコンビニの新作スイーツを棚の端から端まで全種類買ってこいと命令する

わ（買ってきた）、挙句の果てには本の読み聞かせまで要求してくる始末（もちろん読んだ。オリエント急行殺人事件だ。なぜこれをぼくに読ませたのかは謎）。

これだけやれば女王の騎士の役割は果たしたのではないかと思う。そして彼女は、ぼくにまた来るように命令した。

「ねえ、次はいつ来るの？　明日？　あ、あさってでもいいよ」

おかしなことに、気分はそれほど悪くなかった。

それどころかぼくは結局、夏休みのほとんどを、彼女の病室で過ごすことになった。彼女の希望に応えることは、ぼくの両親を喜ばせることでもあった。

引っ込み思案な息子が、可愛い女の子から必要とされているのが嬉しかったらしい。

病室での夏休み。それはぼくにとって彼女と、もっとも濃密に過ごした大切な思い出のひとつだ。

七月、夏休みに入ってすぐ、蝉《せみ》の大合唱で頭が割れそうなくらい暑かったある日。

ぼくは彼女に頼まれた、いつものコンビニスイーツセット（三店舗回った）を購入し、母のアドバイスで保冷剤を詰めたクーラーバッグにそれらを入れて、彼女の病室に飾るヒマワリ（彼女が気に入ってくれたゴッホだ）を数本束にして紙を巻いたものを片手に持って、彼女の病室へと向かった。

最音莉愛と書かれた部屋番号のドアが開いている。ぼくはそっと中を覗く。すると

そこには、白衣を羽織った男性医師が立っていた。

なにを話していたのかは知らない。医師は若い感じでなんとなく医者っぽくない

(完全な偏見なのだけど)茶髪のくるくるヘア。最音さんはそのくるくる医師となに

やら楽しそうに談笑していた。

「あ、菊川くん」

ぼくに気付いた最音さんが、弾んだ声で呼びかける。なんだ、元気じゃん、と

ちょっと意地悪を言いそうになってしまったのは、くるくる医師への謎の嫉妬心から

だ。こっちはコンビニ三軒回ってきてんだぞ。

「お、彼氏かな」

くるくる医師が振り向いてぼくを見る。思ったより年齢がいってそう。若く見える

けど四十代くらいかもしれない。

「そう、彼氏」

と答えたのは最音さんだ。ぼくは慌てて、

「彼氏じゃないです」

と訂正する。くるくる医師が笑う。

「なに速攻で訂正してんの」

彼女が頬を膨らませてぼくに言う。

「菊川くん、この先生ね、わたしの家の隣に住んでるの。ちっちゃい頃からお世話になってる羽鳥《はとり》先生」

ぼくに向かってくるくる医師、羽鳥先生はどうも、とお辞儀をして見せる。ぼくも慌ててお辞儀する。

「菊川明日太です」

「羽鳥です。莉愛とは彼女が歩けるようになる前からのお付き合いなんだ。僕の娘も莉愛と同い年でね。自分の娘と同じくらい可愛いお隣さんだよ」

爽やかなくるくる茶髪の羽鳥先生は、ぼくと同い年の娘がいるらしい。

いったい先生の年齢はいくつなんだろう。

そういえば、と夜に彼女を家のすぐそばまで送ったときのことを思い出す。彼女の家も庭付き一戸建てで広くて立派だったけれど、その隣にさらに立派な一戸建てがあった。羽鳥先生はそこに住んでいるってことか。

学校での噂の真相がなんとなく見えてきた。

最音莉愛の親が医者で家がものすごいお金持ち。

それってたぶん、このお隣さんの家と彼女がごっちゃになった噂だったんだろう。

いかにも金持ちの娘っぽく見えてしまう最音さん。そのお隣さんが、本物の医者で豪邸。さらに羽鳥家には、同い年の娘がいる。

噂は勝手に大きくなる。メダカからいつの間にか巨大魚と化した最音莉愛についての間違った情報は、いったいいつ、誰が訂正するのだろう。

「羽鳥先生の娘さんはね、わたしの幼馴染で、ちなみっていうの。今度、紹介するね。退院したら一緒にどこか出かけようよ。菊川くんと、騎士二号と、わたしとちなみでさ。ああ、楽しみになってきた」

嬉しそうに彼女が言った。

騎士二号って、剛のことか。名前くらい覚えろよと言いかけてやめた。退院後の話をするときの彼女はとても生き生きしていて病気なんて忘れさせられるくらいきらきらした表情で、ぼくもそれを見るとなんだかほっとする。

「夏の間は我慢だな。涼しくなるまではここで、おとなしくしていないとだめだよ」

羽鳥先生が微笑んで言った。彼女とぼくを交互に見る。

彼女は口を尖らせて、怒ったようにぼくに、

「海に行きたいのに。夏が終わってからじゃ、意味ないのに。ねえ、菊川くん、こっそり連れてってよ」

とわざと先生に聞こえるような声で言う。

ぼくは首を横に振る。

「この暑い中、海なんて行ったら倒れるくらいじゃ済まないよ。浜辺で焼け焦げる。大丈夫だとしてもいつ倒れるかって心配で、まったく楽しめない」

ぼくが言うと、彼女はまだ口を尖らせたままますねたようにそっぽを向いて言った。

「なによ、じゃあかわりにひとりで行ってきて。ひとりだからね。他の女の子と一緒に行くとかなら行かないで」

意味不明な命令に、ついぼくも反論したくなり、

「ぼくは海が好きじゃないんだ。ひとりでも行かないし、もちろん他の子と行くこともない。絶対にないね」

「じゃあ、わたしを連れてってよ」

「じゃあ、って？　全然話が嚙み合ってないような気がするけど」

ぼくが困り果てていると、笑いながらぼくらの会話を聞いていた先生が、ぼくに言った。

「莉愛に付き添ってくれてありがとう。ここでは好きなように過ごしてくれていい。暑くない場所でなら彼女は普通の人と同じなんだよ。少しくらい動き回っても構わない。甘いおやつだって食べられる」

先生の視線は、ぼくのぶら下げている大きな保冷バッグに注がれている。この中身はどうやらお見通しらしい。

「すばらしい騎士じゃないか、なあ、莉愛」

先生は彼女に向かって言い、彼女は嬉しそうに笑い、得意げに、

「そうでしょ? 羽鳥先生なら菊川くんのよさをわかってくれると思ったよ。わたし、見る目があるんだよね」

と言った。先生はそうだね、と頷いた。

ぼくは先生に聞きたいことがたくさんあった。けれどそれは、彼女のいない場所で聞きたいことばかりだ。

彼女の病気、花みたいになる病気って、それっていったいなんなんですか。

彼女の病気は治るんですよね。

珍しい病気っていっても、治療法もちゃんとあるんですよね?

日本ではまだ難しいけど例えばアメリカとかでは治療が成功したりしているってこともあって、海外で手術を受ければ治るとか、そういうやつですよね。

彼女は、死んだりしませんよね。

ぼくらと同じように生きて、おばあちゃんになってもこんなふうにぼくをからかって遊んでる。そんな彼女しか、ぼくは想像できないんです。

どうなんですか。羽鳥先生。

七月後半、彼女に差し入れするのはコンビニスイーツからアイスクリームになった。

彼女のリクエストは毎回、シャーベット系と、コーンのタイプ、モナカタイプ、カップのバニラの四種類。保冷バッグには大量の保冷剤とドライアイス。プロのスイーツ配達人になれそうだ、と羽鳥先生からからかわれる。

「最音さん、いいかげん、ほんと人使い荒いよな」

ぼくがぼやくと、彼女は不満そうに言った。

「あのさ、ずーっと思ってたんだけど」

保冷バッグからカップのバニラアイスを勝手に取り出し、蓋をあけてしばらく待つ。少し柔らかくなってからスプーンを入れるのが彼女流の食べ方だ。

「なに？」

ぼくはやや不機嫌になりながら言った。ここまでやって、まだなにか文句を言われるのならこっちにも反論する余地はある。病気だとはいえ、最近の氷の女王はわがまますぎる。

「わたしのこと、なんで名字で呼ぶの。サイネサン、サイネサンってさ、ぜんっぜん可愛くないし、親しみも愛情も感じられないんだけど」

「じゃあ、なんて呼べばいいんだよ。女王様とでも呼べって？」

ぼくは言った。彼女に頼まれて持ってきたアイスモナカの袋を取り出した。なにも言わずに勝手に開けて、勝手に一口かじってやる。ぼくに指図ばかりする女王にもお仕置きは必要だ。

「ちょっとそれ、わたしの！」

「買ってきたのはぼくだ。最音さんにあげるとは一言も言ってない」

「だから、サイネサンはやめてって言ってるじゃん！」

「だからなんて呼べばいいんだよ！」

「莉愛でいい。リアって呼んでよ。わたしも明日太って呼ぶから」

彼女に不意打ちで名前を呼び捨てにされ、突如ハリネズミ肌になってしまう。

危うくアイスモナカを落としそうになるところだった。

女の子に名前を呼び捨てにされるなんて、覚えてる限り経験がない。

小学校でも菊川くん。中学校でも菊川くん、または女子からでさえ呼び捨てで菊川。

そもそもぼくの下の名前を知っている女子がいたかどうかだって怪しい。

明日太くん、どころか明日太なんて。そんな。

「それは、無理だ」

「なんでよ。練習すればできるでしょ。ほら呼んでみて。莉、愛」

「り……」

心臓のバクバクが止まらない。ハリネズミ肌も戻らない。

「……やっぱり無理だ」

「ねえ、明日太。言ってよ、ほら、りーーー」

「……りーーー……」

「そうそう、あーーー」

「……あーーー……」

なんだこの、英会話教室みたいなのは。ぼくってつくづく、男らしさの欠片《かけら》もないだめなやつである。

「りーーーあーーーー、ほら言って」

「りーーー……あーーーー……」

「りーあー、ハイ、言って」

「……りーあー……」

「そうそう、その調子！　りあ、ハイ」

「りあ。……あっ」

「できるじゃん」

彼女、莉愛がにっこりと微笑む。恥ずかしくて俯《うつむ》くぼく。

その瞬間、部屋に入ってくる羽鳥先生。穴があったら入りたいとはこのことだ。

夏の暑さはぼくの頭を溶かしていき、心までも溶かして、ぼくは莉愛と過ごす時間が本当は、楽しみでたまらなくなっていた。

一緒にいればいるほど、一緒に過ごす時間が短く感じられるようになり、莉愛といる一日はあっという間で、暑くておかしくなりそうな幸せな日々は知らぬ間にどんどん過ぎていき、季節は本物の真夏に突入する。

4

咲かない蓮

八月の中旬。暑さはほとんど殺人的で、外に立っているだけで汗が噴き出し、髪は太陽に焼かれて焦げそうになる。

莉愛じゃなくたって、こんな気温の中で歩き回っていたらすぐに熱中症で倒れてしまいそうだ。

外気温が三十五度を超えたあたりから、ぼくは彼女に面会に行くことができなくなった。

適切な温度管理をされている病室にいるとはいえ、連日のこの尋常じゃない暑さだ。少しでも室温を変化させることや外部の菌を持ち込むこと、また、面会者が来ることで彼女自身が興奮状態になって体温が上がることを防ぐためだと羽鳥先生は言っていた。

少し暑さが和らぐまでの我慢。

暑さはいったいいつまで続くのか、莉愛が出歩ける基準はどの程度の涼しさなのか、ぼくには見当もつかなかった。

待つしかないとはいえ、会えないことはやっぱり寂しい。寂しさを紛らわすように、ぼくは店の手伝いに没頭した。

お盆休みが近づくと、花の値段は跳ねあがる。

亡くなった人の魂が、あの世からこの世に帰ってくるといわれているお盆、死者の魂を迎えるために飾る鬼灯《ほおずき》や、普段は店に並ぶことのない蓮の花、迎え火に使う、おがらや蓮台などを店先に並べると、ようやく本格的なお盆が来たという感じだ。

　商店街の昔ながらの生花店であるうちの店では、お盆は一年で最大の繁忙期。クリスマスやバレンタインなんかよりずっと、何十倍も忙しい。

　仕入れた花でいっぱいの店内、ぼくも含め家族総出でさばいた花の空き箱がどんどん積みあがる店先、オレンジ色の鬼灯がたっぷりお盆らしさを演出している店頭は、何度見ても圧巻の一言。

　ぼくは店先に出て、商店街の人通りを眺めながらスマホで店の写真を撮った。大量の花。奥に父と母も写っている。


【お盆が始まる。本物の蓮の花、見たことある？】


　ぼくは写真とともに、莉愛にメッセージを送る。

　病室にいる莉愛に会えなくなってから、彼女の要望で毎日一度はスマホでなにかの写真を撮って送ること、という日課が定着しつつある。


【蓮の花？　見たことない】

莉愛からの返事。
ぼくは今度は、蓮の花の写真を撮って送る。まだ蕾《つぼみ》だ。
【なにこれ。たまねぎ?】
蓮の蕾の写真を見た、莉愛からの返事。
【たまねぎじゃないよ。本物の蓮】
【なんか、想像と違いすぎる】
【蕾だからね】
【じゃあ、咲くの? 咲いたら想像してる蓮みたいになるの?】
【いや、蓮は池の中や水の中にいる状態じゃないとうまく咲かない。これはもう、咲

く前に切ってしまっているから、想像どおりの蓮の咲き方をすることはないよ】

【じゃあ、なんで咲く前に切っちゃうの】

【なんでって、そういうものだから。蓮を供えるのがお盆だからだよ。咲いた蓮は繊細すぎて、切り花として扱うのはかなり無理があるんだ。だから蕾の状態で、茎を切ってお供えする】

【咲かずに枯れるんでしょ？】

なぜか食い下がる莉愛。そんなに咲いた蓮が見たいのだろうか。

ぼくは仕方なく、検索して、本当に池の中で咲いている蓮の花の写真を探し、スクリーンショットして送信した。大きく、ピンク色に咲いた本物の蓮池の蓮の花。

【これが、池に咲いてる本来の蓮。綺麗だろ？】

既読になってしばらくしても、莉愛からの返事はなかった。

そのあとは、お客さんが次々にやってきて店は目が回るような忙しさになり、ぼくは彼女から返事がないことをそのままにしていた。

あまりの忙しさに、夜は風呂に入ると疲れてスマホをチェックすることもままならず、そのまま眠った。

夏は確実に彼女の体を蝕《むしば》んでいるのに、そんなこともわからずに、ぼくは自分のことで精いっぱいになっていた。

美しいものがいつまでも美しくあるはずがないということを、ぼくは誰よりも知っていたはずだった。

花が咲かずに蕾のまま枯れる苦しみも、ぼくは知っていたはずだった。

冷蔵庫で意図的に開花を遅らせた花が外界に出たときの弱り方やその最後も、ぼくは知っていた。

花は待ってくれないということも、ぼくは知っていたはずだったのに。

お盆は送り火でフィナーレ。迎え火を頼りに帰ってきた、亡くなった人の魂が、ふたたびあの世に送られる儀式だ。

この世に残された家族や友人、愛する人とともに過ごした時間を送り火に乗せてあの世へ。来年のお盆まで、お互いに元気でいられますように。

送り火が終わるとしばらくは、花屋も静かになる。

ぼくは思い出したように、莉愛にメッセージを送った。

【お盆が終わった。ピークが過ぎたらまた涼しくなるよ。早く涼しくなって、散歩に行きたいよな】

すぐに既読がついた。ぼくとのメッセージ画面を眺めていたとしか思えない速さだ。ひょっとすると、ぼくからのメッセージを待っていたのかもしれないと思ってしまうほど。

だけど返事はまだ来ない。

夕暮れ時だった。

ぼくはふと、自宅の二階にある自分の部屋の窓から見える、夕焼けの写真をスマホで撮った。燃えるようなオレンジ。

送り火のあとの夕焼けは、どうしてこんなにも赤いんだろう。

【夕焼け】

撮影した写真にそれだけを添えた。写真のタイトルにしてはそのまますぎるけど、この燃えるような夕日を今すぐに、彼女にも見せたいと思った。

既読がついて、しばらく待つ。やっぱり返事は来なかった。

ぼくはそわそわしながら返事を待つ。なにしろあのお盆の最初の蓮の花以来の連絡だったのだ。

毎日スマホで写真を撮って送るように言われていたにもかかわらず、三日もあいてしまった。さすがに怒っただろうか。

彼女からの返事を気にしつつ、何時間か待った。その日は結局、返事がなく、返事が来たのは翌朝だった。


【返事が遅れてごめんね。

ちょっと昨日は、指がしびれてうまく動かなかったんだ。

夏のせいで調子が悪いだけだって羽鳥先生は言ってたけど、このまま指が動かなかったらどうしようって、すごく怖かった。

わたしの病気ね、花化病《はなか》っていうの。

全身が、花が枯れるみたいにね、ちょっとずつしびれていくんだって。

一気に花が散るんじゃなく、だんだん枯れてくのはなんだか嫌だよ。

夕日の写真、ありがとう。なんだか燃えてるみたい。

覚えてる？　空の写真は好きな人か大切な人にしか送らないんだよ。

前に言ったよね。

知ってて送ってくるってことは、それってもしかして、愛の告白？】

ぼくは彼女からのメッセージを読んで、たくさんの感情が一気に自分の中に流れ込んできたような、そんな感じがした。

ぼくは濁流に飲まれて、しばらく息ができないでいた。

花化病。

指がしびれて動かなかったのは、間違いなく、入院する前よりも病気が進行しているってことだろう。

自分の指が動かなくなる。半日もそのまましびれていたなんて、きっと怖くてたまらなかったに違いない。

ずっとこのままだったら。そう考えてひとりぼっちで夜を過ごした彼女はどんなに怖かっただろう。

お盆の短い間とはいえ、毎日なにかしら写真を撮って送るという約束を破ってしまったぼく。ぼくにとってそれは、忙しい中でのたった数日間のことだった。

だけど、彼女にとってはどうだろう。

毎日、ひとりきりの病室で、ぼくから送られてくる写真だけが、外の世界と繋《つな》がることのできる唯一の楽しみだった可能性だってある。自惚れていると言われたらそれまでだけど、それならそれでかまわない。だからこそあんなにも、一瞬でメッセージに既読がついたってことなのかもしれないのだ。

指先がしびれたり、体が熱を持ったり、他にもぼくにはわからないようなたくさんの不調が常に彼女にはつきまとっていて、だからこそ入院しているわけで、元気に見えても彼女は常に病気と闘っている。

ぼくにとっての数日間と彼女にとっての数日間は、その長さも、密度も苦しさもまったく違うものなのだ。

【ごめん。
毎日、写真を送るって約束してたのに。
お盆で忙しくてっていうのは言い訳です。
愛の告白ってわけじゃないけど、莉愛に夕日を見せたくて】
ぼくは、彼女に以前、言われたことをすっかり忘れて、あの夕日の写真を彼女に送った。だけど、と、ぼくは思う。

空の写真なんて、燃えるような夕日を、同じ夕日を見せたいなんて、彼女以外に対してぼくが思うだろうか、と。

例えば剛相手に、わざわざ夕日の写真を撮って送るだろうかと。

彼女の言うとおり。

ぼくはたぶん、莉愛のことがとても好きだ。

前よりずっと、莉愛のことを好きになっている。

＊　＊　＊

彼女のいない八月が過ぎ、夏休みは終わり、蝉の鳴き声は知らないうちに聞こえなくなる。九月になったからといってすぐに涼しくなるはずもなく、まだまだ登下校だけでも全身が汗ばみ、喉も渇く。

この外気温や湿度では、まだまだ莉愛の体は耐えられないだろう。

ぼくが普通に感じる〝ものすごく暑い〟や、〝めちゃくちゃ喉が渇いた〟というようなこと、それがイコール莉愛にとっては文字どおり命取りで、意識を失って倒れたり、動けなくなったり、命を縮めることに繋がる。

今まで自分がいかになにも考えずに生きてきたかを思い知らされる気がする。

自宅から学校までの道のり、校内の教室以外の例えば渡り廊下やグラウンドや体育館、冷房設備を整えることができない全ての場所を、ぼくは恨んだ。

莉愛の登下校の道全てを、冷房設備を整えた地下道にすることができないだろうか、とか、莉愛が行きたがっている夏の海、そのビーチを巨大なカプセルかなにかに閉じ込めて、空調を整えた巨大施設にすることができないか、とか、そんな実現不可能なことばかりを真剣に考えてしまうのだった。

「あれ、まだ氷の女王休んでんじゃん」

教室にやってきていた剛がぼくに向かって言った。窓際の、いつも莉愛がいた定位置。ぼくらは昼休みのグラウンドを眺めながら、パックのりんごジュースのストローを咥《くわ》えている。

「夏休み前から休んでたよな、長くね？」

剛は、莉愛が入院していることは知らない。それどころか、学校でもぼく以外の生徒は誰も、莉愛が学校に来ていない本当の理由を知らないようだった。

妙な噂だけはすぐに広まるくせに正しい情報はなにひとつ、誰も知ろうとしないし伝えない。

ぼくは段々腹がたってくる。

莉愛、こんなこと隠して、なにかメリットがあるのか。莉愛が嫌な思いをするだけじゃないか。

ぼくは剛に言った。

「なんか事情があるんじゃないかな」

「事情ってなんだよ」

「事情は事情だよ」

「どんな事情だよ」

剛が吸っていたリンゴジュースの紙パックが、ずずずという音とともにへこんでいく。ぼくのほうも、もうほとんど空っぽだった。

ぼくは息を大きく吸った。彼女のいない教室の匂い。

「あのさ、剛」

「なんだよ」

「絶対誰にも言わないって誓う？」

剛は驚いたように目を見開く。

「まさかお前、女王がなんで休んでるか知ってんの？」

黙って頷くぼく。マジかよ、とつぶやく剛。

「なんだよ抜け駆け？　明日太らしくねえな」

「このことは、学校の誰にも言わないでほしい」

ぼくが小声でそう言うと、剛は頷いた。

「じゃあ、放課後うちに来て」

「ああ、わかった。で、行き先は？」

「病院」

「病院？　女王、入院してんの？」

剛が目を見開き、ぼくはゆっくりと頷く。

「うん、夏休み前から」

「え、え、誰もそのこと、知らねえの？　ほんとにお前と俺だけ？」

「そう」

「なんで、そんなこと秘密にするんだよ。おかしくね？」

「彼女が秘密にしたがってるから。黙ってなきゃいけないんだ。本当は」

「なんで、なんで隠してんの」

剛が目を丸くする。不思議そうに。

「病気で特別扱いされたり、余計に変な噂立てられたりすんのが嫌なんじゃないかな。ただでさえ、でたらめな噂ばっかり立てられてんのにさ」

「なんだよ、でたらめな噂って」

「彼女の家が大金持ちで医者の娘って噂。あれは嘘だった。医者は彼女の家の、隣の家だったんだ。彼女が夏になったら体育休むのは、贔屓でもなんでもない、病気のせいだった。暑いとすぐ倒れるんだ。ずっと水飲み続けてないと、倒れるんだ。暑さで体がしびれたり、動けなくなったりする。バスケ部をすぐに辞めたってのも、たぶんその病気のせい。なんにも知らないやつらがでたらめな噂広めて、悪口まで言われて、それでも彼女は、自分が病気だって言いたくないんだ」

ぼくがつい、興奮して怒りを抑えられずにいると、剛が、

「待て、待て、落ち着け明日太。大声出すと周りに聞こえるって」

と言ってぼくの両肩に手を置いた。

「わかった、わかった。大丈夫だ、明日太。俺は味方だから」

剛が真面目な顔でぼくを見る。

ぼくは自分が取り乱していたのだということに気が付く。本当の彼女をわかってやれないのは、ぼくも同じで、だからこそ自分が歯がゆかった。

なんだかんだ言って、小さい頃からずっと一緒に　過ごしてきたから剛はぼくの扱いを一番よくわかっている。

強くもないのに後先考えずに走りだしてしまうぼくを、いつもそばで助けてくれたのは剛だった。

「ぼくと、剛だけでも、本当のことを知ってたら、少しでも、彼女を守れるんじゃないかって、思うんだ」

「わかった。わかった。まだ話がよくわかってないけどさ、明日太は、女王を守りたいって、思ってんだよな」

ぼくは頷いた。

「で、明日太は、女王のことが好きなのかよ」

直球。剛は優しいけど容赦もしてくれない。

「好きなのかって……」

「好きでもなんでもないんなら、守るとか軽々しく言うなよ」

ぼくは剛にそう言われ、うっと黙ってしまう。

いつもはふざけたことばっかり言ってるくせに、こんなときだけは核心をついたみたいな感じのかっこいいことを言う剛。

「好きだ」

ぼくは言った。

思いきって言葉にすると、もやもやしていた頭の中がすっきりと、霧が晴れたみたいになる。なんだか剛にカウンセリングでもされているみたいだ。

「そうか。なら俺は、女王と明日太がうまくいくように協力する」

胸をどん、と叩いてまるでジャイアンみたいに、嬉しそうに剛は言った。ぼくは不思議な気持ちになる。

「剛、氷の女王のこと、好きだったんじゃないの？　なんで協力してくれるの」

ぼくが言うと、真面目な顔つきだった剛が今度はいきなり、声をあげて笑いだした。

「なに言ってんだよバカ。なんでそうなるんだよ」

「なんでって、だって美人だとか絵になるとかって散々騒いでたし、ぼくの教室にも毎日来てるし」

「美人ってだけで好きになるとか小学生かよ。俺は偉そうな態度の女は好みじゃないんだよ」

「そうなの？」

ぼくは彼女の香りを嗅いだだけでハリネズミ肌になってしまうのに、なんて、とてもじゃないが言えなかった。

「まあ、女王様は美人だし面白いから、興味はあるけどな。死ぬような病気とかじゃないんだろ」

剛はもちろん、冗談のつもりで言っている。そこに一切の悪気はない。けれど、ぼくはやっぱり笑えなかった。

「花になる病気」

ぼくは答える。剛が目を見開いてぼくを見る。

「は？　なんだそれ」

「花化病だって」

ぼくが言うと、黙って剛はスマホの画面をスクロールし始める。数分後、剛はぼくのほうにスマホの画面を向けながら、言った。

「花化病って、……これのことか？」

速攻で検索したんだろう。画面の内容を見て、ぼくも息をのむ。剛はしばらく画面を眺めたあと、ぼくに言った。

「女王、死ぬのか？」

【花化病（はなかびょう）】

臓器に花の形をした影が写り、全身に徐々に根を張るように進行する、世界的にも珍しく、症例の少ない希少疾患。

花化病の患者の体からは微かな生花のような香りが漂うことからもそう呼ばれる。

病気はレントゲンやＭＲＩなどにより発覚するが、治療法はなく、発病（体が過剰に水分を必要とし水分が不足すると熱中症のような症状で倒れるなど）すると、三年以内に死に至る。冬は普通の人と同じように動き回ることも可能だが夏場は病気の進行が速く、発病すると、三年目の夏を超えられた症例はない。

根を張るように徐々に全身がしびれ、最終的には歩行も困難な状態となる。

体から漂う生花の香りは死期が近づくほど強くなり、臓器のＭＲＩに写る花の影が完全に咲いたとき、死に至る。】

死に至る？

死に至るってなんだ。

三年目の夏を超えられた症例がない？

死期が近づくほどって、これじゃあ、この書き方じゃあまるで、死ぬことは避けられないみたいじゃないか。

治療法はない？

本当にないのか？

この記事が古くて、現在は治療法が確立されている、とかじゃないのか。

三年以内に死に至る？　発病してから？

今の彼女を見る限り、この記事を読む限り、間違いなく彼女の病気はすでに発病していて、ぼくが彼女の香りに気が付いたのが一年前。だとしたらもう、確実に発病後、一年は経っているってことになる。

そうならば、彼女は長くてあと二年も生きられないってことじゃないか。

嘘だ。

これはなにかの間違いだ。

こんなネットで調べただけの情報、あてになんかなるはずがない。

彼女があと二年で死ぬなんて、こんなの嘘に決まっている。

治療法はあるはずだ。医療技術は日々進歩している。

世界中で、頭のいい人たちが毎日研究を重ねてる。今日、まだ今の時点で治療法が見つかっていないとしても、明日は見つかるかもしれないじゃないか。

あんなに強い氷の女王が、そう簡単に死ぬわけないじゃないか。

「死ぬわけ、ないだろ」

ぼくは剛に向かって言った。

どうかそうであってほしいという願いのようなぼくの言葉を、剛もそうだと感じたらしかった。

「だよな。死ぬわけ、ないよな」

ぼくは剛と目を合わせ、うん、と頷いた。

このときぼくは、本当にそう思っていた。剛だってきっと本気でそう思っていた。

彼女のような強い人と死という単語が、どうしてもイコールで結びつかなかったのだ。

もしこのとき、もっと現実を受け入れる努力をぼくがしていたなら、彼女との残された時間をもっともっと、有意義に使うことができたのかもしれないし、もっと彼女に対して最初から、素直に優しく接することができたのかもしれない。

彼女とのことを思い出すと、ぼくはいつも悔しがってばかりいる。


その日の夕方、ぼくと剛はふたりで、莉愛が入院している病院の前にいた。

本当は、今はまだ、莉愛に会うことはできないはずだ。もう少し、外気温が下がるまでは徹底した病室の空調管理が必要だからということと、弱っている状態の莉愛の体に、外部の菌をなるべく持ち込まないように。

「面会はまだだめなんだろ？　会えないのにどうすんだよ」

剛がぼそっとぼやいている。ぼくはなにも答えないまま、どんどん病院の中庭を進んでいく。

「明日太？　聞いてんのかおい」

背中から剛の声がする。

確かこのあたりだろうか、とぼくは中庭の芝生の中央で立ち止まる。

莉愛の病室の窓から見えていた、中庭の景色。

芝生の真ん中に立って見上げると、莉愛の病室のある病棟の建物が目の前にある。

ずらりと並ぶ窓ガラスの数を数え、建物の三階あたり、たぶん莉愛の病室であろう場所を見上げる。

窓を見上げて、ぼくはスマホを取り出し、莉愛にメッセージを送信する。


【今、窓から、外見れる?】


送ってすぐに、既読になる。

「おい明日太。なにやってんだよそんなとこで」

剛がぼくに向かって言う。

ぼくが見上げていた窓ガラス。ガラスの表面に、白い手がにゅっと伸びて見え、そして、次の瞬間、窓の向こうに長い髪のシルエット。

目を凝らしてみると、中庭に立つぼくを見つけて、三階の病室で微笑んでいる莉愛がそこにいた。

ずいぶん長い間、会っていなかったような気がする。

綺麗だな、とぼくは思う。

美術館に飾られている絵画を見ているみたいにどこか現実感がない。それくらい、ガラスの向こう側にいる莉愛はなんだか神々しい。莉愛が死ぬなんて絶対に嘘だ。

「剛、上見て」

ぼくは言った。

「上?」

剛がそうつぶやきながらぼくの見ている方向を見上げると、窓の向こうの莉愛が、笑ったように見えた。

「あ、氷の女王」

剛も病室の窓ガラスの向こう側の莉愛を見つけたらしい。剛が笑う。

「なんだよ、ロミオとジュリエットかよ」

らしくない、ロマンチックなことを言いだす剛。

確かに、窓の向こうの莉愛は、絵本に出てくる塔の上のお姫様かもしくは、お屋敷のバルコニーに佇《たたず》むジュリエットみたいだが、そうなるとぼくか剛のどちらかがロミオということになってしまう。

敵対しあうモンタギュー家とキャピュレット家。その息子と娘が恋に落ちる。手に入らないものほど欲しくなり、好きになってはいけないと思うと余計に好きになってしまうのはきっと人間の性《さが》みたいなものなんだろう。

スマホが鳴って、莉愛からのメッセージが届く。

【ふたりで護衛に来てくれたの?】

【うん。入院してること、勝手に剛に話してごめん】

【だいじょうぶ。護衛の騎士には病気のことは知っててもらうほうがいいから】

病室の窓から莉愛がぼくを見下ろしている。返事を送るよりも早く、莉愛からの次のメッセージが届く。

【ねえ、明日太】

【もっと近くに来て。顔が近くで見たいの】

もっと近くに。ぼくだって行きたいに決まってる。

【剛が、ロミオとジュリエットだって言ってる】

ぼくがそう送るとすぐに、

【どうしてあなたはロミオなの？】

と返事が来る。有名な、ジュリエットのセリフ。

そう、そういえば最後、ロミオとジュリエットは死んでしまうんだった。

永遠にふたりは結ばれない。悲しい愛の物語。

ぼくは思う。ぼくも莉愛がもし、もしも死んでしまったら、ぼくは後を追いたくなってしまうのだろうか。

【ぼくなら、愛する人の後追い自殺なんてしないけど】

ぼくはジュリエットに宛てて、そうメッセージを送る。

【どうしてしないの？】

と、すぐに返事が来る。
ぼくは少し考えて、
【死ぬまでジュリエットのことを思って生きる。ジュリエットのぶんまで】
と返事をした。
【なら、ジュリエットはすごくラッキーだね】
莉愛からの返事。
【ラッキー？　なんで？】
ぼくの返事。
バルコニーじゃない、病室の窓からぼくらを見下ろしてる、天使か女神。
【いちばん綺麗なときに死んで、老けていく姿を好きな人に見られないで済む。

好きな人の記憶に残るのは、いちばん綺麗な自分だけ。

死んでも相手が死ぬまで愛されるって、最高じゃない？】

最高じゃない？

莉愛がいたずらっぽく微笑んでそう言っているのが想像できる。

彼女らしいけど、ぼくは最高なんかじゃない、と強く思っていた。ぼくにとっての大切な人、彼女が先に死んでしまって最高なはずがない。

絶対に。

「なあ、あそこまで、莉愛のもっと近くまで、行く方法ないかな」

ぼくは振り返って、剛に言った。

すると剛は、黙って建物の足元にある花壇を指さした。

花壇がどうしたのだろうと思ってよく見ると、花壇のすぐそばに木製の古い梯子《はしご》のようなものが横に立てかけてある。いつから置かれているのかそこに地面の蔦《つた》が絡まり始めているのが目に入る。

「俺があの梯子、支えててやるよ。ジュリエットのところまであの梯子でのぼる勇気があるなら、の話だけどな」

本当に古そうな梯子だ。木製だし、いつから置かれているのかわからないなら腐っている可能性だってある。正直言って、かなり危険だ。

以前のぼくであれば、危ない橋は渡らない。つまり危険な梯子はのぼらないという選択をしていたところだろう。

「さあ、のぼるかやめるか、どうする？ 俺はどっちでも、協力してやるよ」

剛がぼくに向かって言う。

もちろんこっちの会話は莉愛には聞こえてはいない。

だけどそのほうが、都合がよかった。ぼくは考えに考えて、

「行く。のぼるよ。協力してくれ、頼む」

と剛に行った。

剛はぼくと同じように、病室の窓の向こう側の彼女を眺めている。

中庭はじりじりと焼け付くような感じじゃなく、頭のてっぺんから温風で全身を包み込まれるみたいなだらだらとした暑さだった。

「よし、じゃあ、やるか」

ぼくも剛も、ぬるいお湯に浸かったときみたいにじっとりと全身に汗をかいていた。

「一気に行くぞ」

ぼくと剛は花壇に置いてある、蔦の絡まった木製の古い梯子の両端を持ち、一気に地面から引き離した。

その様子を、莉愛が窓から覗いている。そのまま、病棟の壁に梯子を立てかける。梯子の長さはギリギリ二階のやや上あたりまで届いていた。そこに立てば、莉愛のいる部屋の窓に手が伸ばせそうだ。幸いバルコニーのように窓がやや突き出ているから、手をかけるにはちょうどいい。

「よし、明日太、乗れよ」

梯子の足元を支えて、剛が言った。ぼくは木製の梯子に手をかけて、病棟の壁に沿ってのぼっていく。

蔦の絡んだ木製の古い梯子は軋《きし》み、音を立てる。見つかったらきっと相当怒られるだろうと考えながら、下を見ないようにゆっくり上を目指す。

梯子のギリギリまでのぼりきり、突き出した三階の窓の柵に手をかける。二階のやや上とはいえ、落ちたら骨折や捻挫くらいじゃ済まないかもしれない。

窓の柵に手をかけて、背伸びをすると、ついに窓ガラスの内側にいる莉愛と目が合う。莉愛は目を丸くして、驚きの表情を浮かべた、そして、にっこりと嬉しそうに微笑んだ。

莉愛が窓を開けようとしているのでぼくは、首を横に振って「開けなくていい」という合図をした。外の気温と室内の温度はかなり違うだろう。莉愛の体に少しでも負担をかけたくはなかった。

ぼくは精いっぱいの笑顔を作って、莉愛に見せる。本当は足元の梯子が少しぐらついていて、笑顔どころじゃなかったのだけれど。

窓の柵から片方の手を離し、ぼくが莉愛に手を振ると、窓ガラスの向こう側の莉愛の口元が、なにやら小さく動いたのが見えた。

唇の動きを見て、莉愛の伝えようとしている言葉を想像する。

口を尖らせて、『つ』？　『す』かもしれない。

唇を一文字に横に『い』？　いや、『き』だろうか。

莉愛の唇は、その二文字を繰り返す。

ちょっと待てよ。

『す』『き』？

いやまさか、そんなはずはない。これはぼくの完全な希望的観測だ。

妄想で頭がおかしくなりそうなぼくに、莉愛が天使のように微笑んだ。そのときだった。

「危ない！」

足元で、剛が叫ぶ。

「え？　うわ！」

と声を出したその瞬間、木製の梯子はメキメキと嫌な音をさせて割れ、脚を踏み外したぼくはそのまま、剛のいる足元の芝生に落ちた。

「明日太！」

剛が駆け寄ってくる。一瞬、なにがなんだかわからなかったが、背中がものすごく痛いということだけはわかった。

折れた梯子を踏み外したほうの脚も擦り傷になって血が滲んではいるが、ぼくは奇跡的に助かったらしかった。

ぼくが落ちた中庭の芝生も土も、柔らかく、まるでベッドのように思えた。

窓から、莉愛が心配そうにぼくを見つめているのが見える。

ぼくは莉愛を見あげて、右手を挙げて指でオッケーサインを作って見せた。

莉愛がそれを見て、ほっとしたような表情を浮かべる。

中庭にずっといたら日干しになってしまいそうだけど、このままずっと芝生に寝転んで、ジュリエットを眺めていたいような気もしていた。

ロミオもジュリエットも死ぬことなく、ふたりで幸せになる方法はきっとあるはずだ。

そのまま日干しになれるなら、それも悪くないかもしれないと思うのは、やっぱりどこかおかしくなってしまっているんだろうか。

「すまん、梯子が軋んで折れかけてんのに気付いたときには、もう遅かった」

剛が言った。

「いや、おかげで莉愛の顔が近くで見れたから。ありがとう、剛」

恋って頭をおかしくさせる麻薬みたいなものなのか。

ぼうっとし始めた頭でぼくは思った。

もうすぐ、夏が終わる。

5

鬼灯のワンピース

莉愛が退院したのは十月の半ばを過ぎてからだった。

地球温暖化をこれほど恨んだのは、もちろんぼくの人生で初めてのことだった。シロクマもペンギンも困っているかもしれないが、ぼくだって困っていた。

九月って、こんなに暑かったのかよ。

秋じゃないじゃん。ほぼ夏だよ。

莉愛がまだ外に出てきちゃいけないことはぼくにだってわかっていた。早く涼しくなってくれ。頼むから。そんな思いで九月を過ごした。

ぼくは毎日、天気予報の本日の最高気温と最低気温と睨めっこしながらため息をつくことを繰り返していた。

一日の最高気温が二十九度を下回り、冷房なしで過ごすことができる日が増え、ようやく面会の許可が出た。

その日、学校の下校時刻、スマホを確認すると莉愛から、羽鳥先生から面会の許可が出たというメッセージが届いており、それを読んだ瞬間ぼくは走りだしていた。

自転車に飛び乗り、莉愛の病院に向かう。風を切るようにぼくは無我夢中で自転車を漕いだ。病院に着いたときには制服の背中は汗でびっしょり濡れていた。

「莉愛!」

無我夢中で病室のドアを開け、思わず彼女の名前を呼ぶと、優しく微笑んだ彼女が息を切らしているぼくを見て、言った。

「会いたかったよ。明日太」

彼女の瞳が潤んでいるように見えたのは、ぼくの見間違いかもしれない。そのときぼくの眼も、汗となにかで濡れていたから。

その日からまた、ぼくは学校帰りに毎日のように莉愛に会いに行った。

今度は莉愛に命令されたからではなく、自分の意思で。ぼくはスイーツを差し入れし、病室には花を飾った。

ぼくと莉愛はたくさんのことを話した。他愛もないことばかりだったけれど、彼女にふたたび会えるようになった日々は幸せで仕方がなかった。

徐々に涼しい日が増え、朝晩には肌寒いと感じるようになり、ブレザーを羽織って登校するようになった頃、ようやく退院の許可が出た。

ついに教室に戻ってきた莉愛は、入院前の元気を取り戻したように見えた。

ただ、彼女から漂う花の香りだけは、以前より何倍も、何倍も強くなっていた。

「ねえ、みんなで旅行に行こう。羽鳥先生んちの別荘があるの」

莉愛はぼくと剛に向かって言った。

「護衛ありなら、旅行もオッケーだって、羽鳥先生が言ったの」

「みんなって？」

ぼくがたずねると、莉愛は言った。

「わたしと護衛の騎士ふたり、それに羽鳥先生の娘でわたしの幼馴染のちなみの四人」

「ちなみ？」

急に興奮したような声を出したのは剛だ。

「ちなみって、どんな子？」

「なんだよ、いきなり」

ぼくが剛を見ると、莉愛は言った。

「羽鳥ちなみ。背が高くて美人だよ。雑誌のモデルもやってるの」

「俺、知ってる！　羽鳥ちなみ！　マジか。ちなみって聞いてまさかって思ったんだよな。マジで本人？　羽鳥ちなみ？」

剛は興奮を抑えられない様子で、ぼくにスマホの画面を見せてくる。

画面には、制服のスカートを極限まで短くした、脚の長い女の子が写っている。

明るい茶色のショートヘア。目が大きくて、睫毛《まつげ》はキリンかってくらい長い。確かにちょっと、羽鳥先生に似ている。

「羽鳥先生に似てるな」

ぼくが言うと、

「うん、そっくりだよ。ちなみのママはハーフなの」

と莉愛。ちょっと納得。この鼻筋の通り方は日本人離れしている。

「俺、ファンなんだよ、羽鳥ちなみ。まさか女王の友達だったなんて！」

「友達っていうか、家、隣だし」

莉愛が、今更なに言ってんの、という感じで笑うと、剛は目を丸くする。

「マジかよ！　じゃあ、あのへんに住んでんの!?」

「だから隣だって言ってるでしょ」

「やばすぎる！　羽鳥ちなみと旅行!?　神様ありがとう!!」

剛が立ち上がって手を組み、天を仰ぐ。ちょっと待ってくれ、まだぼくはなにも言ってないぞ。

「え、それってもう、決定ってこと？」

ぼくが言うと、莉愛はふふんと鼻を鳴らし、ぼくに自分のスマホの画面を向けた。

そこには、いつかぼくと莉愛がやり取りしたメッセージが表示されている。

【わたし、ちょっとの間入院することになったの。暑い時期の間だけ。

涼しくなったらまた菊川くんと一緒に、川沿いをお散歩したい。

自転車で少し遠出もしたいし、買い物もしたいし、旅行にも行きたい。

もし元気で退院できたらそのときは、全部付き合ってくれる？

氷の女王は騎士の護衛なしでは外出できない決まりなの】

【わかった。なんでも付き合うから、とにかく元気に退院してきて】

間違いなく、ぼくが莉愛に送ったメッセージである。そうだった。

「ほら見て。元気に退院してきたら、なんでも付き合うって、約束してくれたでしょ」

自信満々の表情で、莉愛は言った。

「約束、してたね」

ぼくは納得するしかない。確か、なんでも、という部分は撤回してほしいと頼んだはずだったけど。

「この約束があったから、頑張って元気に退院したんだからね。守ってくれないと殴る」

莉愛が手をグーにしてぼくに向ける。

「明日太！　俺からも頼む！　羽鳥ちなみと旅行なんて一生に一度のチャンス、逃したら死ぬまで後悔すると思う、俺」

剛がきらきらとした瞳でぼくを見つめる。

「わかった。行くよ」

「やった！　決まりね！」

莉愛は心の底から嬉しそうに笑う。ぼくはそれを、内心ではクソ可愛いと思っていた。

もちろん言わなかったが。

ぼくらの旅行は連休を使った一泊二日。行き先は、羽鳥先生の別荘がある避暑地。空気も綺麗で涼しいので莉愛の療養にももってこいなんだそうだ。

交通手段は電車のみ。別荘の近くには羽鳥先生の医学部時代の同級生が住んでいるらしく、駅までは迎えに来てくれて、もしも莉愛に急になにかあったとしてもすぐに駆け付けてくれることになっているらしい。

「ねえ、買い物付き合って。旅行に着ていくワンピースと帽子が欲しいの」

莉愛が店に来てぼくにそう言ったのは、旅行の一週間前のことだった。

両親は莉愛が退院してまた店に遊びに来てくれるようになったことが余程嬉しいらしく、父は満面の笑みでぼくに、

「行ってきなさい。ついでに明日太も新しいシャツくらい買ったらどうだ」

などと言い、母も続けて、

「そうよ、別荘にお邪魔するのにだらしないTシャツとかじゃよくないわよ。せっか

くだから莉愛ちゃんに選んでもらったら？」

なんて嬉しそうに言った。

そもそも高校生四人だけでの一泊旅行を二つ返事でオッケーしたことも、ぼくにとってはそこそこ驚きだったのだが、両親にとって莉愛はそれほどまでに信頼のおける、愛すべき女の子だということなのだろう。

「任せてください。明日太くんはもとがいいので、素敵な格好をすれば見違えるくらい、もっとかっこよくなると思います」

莉愛がそう言うと、母は目を丸くして、あら、そう？　と言い、

「お願いするわ。明日太、ほんと服にも髪形にもなーんにもこだわりがないんだから」

とも言った。失礼極まりない。

「行こうよ、ね、お願い。約束したでしょ？」

彼女の『お願い』の破壊力は凄《すさ》まじい。

しかもぼくは彼女に、退院したらなんでも付き合ってやると約束してしまっているのだ。

ぼくは両親の後押しも手伝って、

「わかった、行くよ」

と答えるしかなかった。

こんなことならなんでも付き合ってやるなんて約束、するんじゃなかった。ぼくの出不精は幼少期からのもので、そう簡単に変えることなんて不可能だ。

〝服の買い物〟という行為を楽しそうにすること自体、そもそも意味がわからない。ぼくにとって服は、裸で外を出歩くわけにはいかないから仕方なく着るものであり、着飾って楽しむものでも、ましてお洒落をして見せびらかすものでもない。

着ないわけにはいかないのでとりあえず着る。全裸では警察に捕まってしまうから仕方なく着る。それが服の存在意義、であるはずだったのに。

「ね、どう、かな？」

試着室から出てきた彼女を一目見て、ぼくは〝服を着る〟という行為のすばらしさについて考えを改めざるを得ない心境になってしまった。

夏の終わりを惜しむような、鬼灯に似た色のワンピース。夕焼けにも似たその鮮やかな色のワンピースはまるで、彼女が着るために作られたかのようだった。

だって、こんな色、似合うやつ他にいないだろ。ぼくは心の中でつぶやいていた。

莉愛の白い肌と、細い首や二の腕、真っ黒で艶のある長い髪。神様のコレクションみたいな不思議な輝きをもった瞳。

その全てのピースが、この奇抜な色のワンピースにぴたりとはまっていた。

「鬼灯の色だね」

ぼくは言った。なにそれ、と莉愛はあからさまに不満そうな声を出す。

「第一声がそれ？　可愛いとか、似合うとか、綺麗とか、そう言うんだよ、普通は。しかも色の例えが鬼灯って、なによ」

「鬼灯は、お盆になくてはならないものだし褒め言葉のつもり。亡くなった人の魂がさまよわないように、提灯《ちょうちん》に見立てた鬼灯を飾るんだ。いい色だってことだよ。緑がちょっとずつ色づいて鮮やかなオレンジになるその、中間の色みたいでなんともいえない」

精いっぱい褒めたつもりだった。だけど彼女の機嫌は治らない。

「もういい。このワンピースはやめる」

怒った顔でそう言って、試着室のカーテンをシャッと閉めてしまう。

「え、なんで？　すごく似合ってるのに」

カーテンの向こうにいる彼女にぼくが言うと、カーテンが少しだけ開いて彼女がちょこっと顔を出す。

「ほんと？」

まだ表情は怒っている。ぼくが大きく頷きながら「ほんと」と答えると、ふたたびカーテンがさっと開いた。

「ほら、やっぱり、いい色だよ」

鮮やかなオレンジ。莉愛が着るために作られたようなワンピース。

「鬼灯色だって言うんでしょ。なんなのそれ。褒めてないよね、どう考えても」

「そんなことないよ。すごく、いいよ。綺麗だよ」

綺麗だよって、なんなんだ。焦ってずいぶんこっぱずかしいことを言ってしまった。彼女はぼくをじっと見つめて黙ってしまった。なんだか気まずい。ひょっとすると莉愛には鬼灯がうまく伝わっていないのかもしれない。

本当に褒めたつもりで、鬼灯は、ぼくの好きな花なのだけど。

「鬼灯は綺麗だよ。魂は体を持たないから、お盆には鬼灯の中に身を宿してこの世で過ごすんだ」

莉愛はまだ、ぼくをじっと見つめている。黙っているのはわざとだろうか。

「ねえ」

鮮やかなワンピースの裾を掴んで、莉愛は言った。

「死んだらわたしの魂も、鬼灯の中に入れるのかな。死んだらお盆に帰ってきて、明日太とまた会える？」

死んだら、と、莉愛は言った。

ぼくは、急に胸が苦しくなった。莉愛の口から、死ぬ、という言葉を聞かされたのは初めてのことだった。莉愛が死んだら。そんなこと、考えたくもなかった。

ぼくは精いっぱい、平気な顔を装って言った。

「ぼくのほうが、先に死ぬ可能性が高い。男性より女性の平均寿命のほうが長いから」

「わたしの場合は別だよ、だって病気だし。今のうちに、着たいもの着て好きなことして、悔いが残らないように過ごしておかないと。死後のことも、ちゃんと計画しておかないと」

莉愛は言った。鮮やかなワンピースが眩《まぶ》しかった。

泣きたいような吐きたいような、頭が痛いような心が痛いような感じがしていた。

ぼくは、苦しいと思っていた。

それでも、彼女の苦しみなんてぼくにはきっと、これっぽっちもわかってあげられないんだろう。

「だからこんな、派手なワンピースだって着るし、旅行だって無理やりでも行くの。やっときゃよかった、着とけばよかったって、後悔したくないの」

莉愛はそう言って微笑んだ。

ぼくは、吐きそうになりながら莉愛に言った。

「すごく、似合ってるし、綺麗だし、可愛い。莉愛のために作られた服みたいだって、思った」

普段のぼくならありえないような、歯の浮くようなセリフだった。だけどぼくは、ぼくも後悔しないように感じたことと見たままを、そのまま伝えようと思ったのだ。

莉愛は目を丸くしていた。そりゃあそうだ。ぼくがこんなことを言うなんて。

「これにする」

彼女は嬉しそうに笑って言った。

「このワンピース、買う！」

鬼灯色のワンピースを買い、それに似合うサンダルや帽子を次々に購入した莉愛は、そのあとはメンズの店に堂々と入り、今度はぼくの服を選び始めた。

〝清潔感があり、シンプルでいやらしくない程度にお洒落に見えてちょっとこなれている感じ〟という具体的なイメージをすでに固めてから買い物に臨んだ莉愛と、その莉愛にされるがまま、試着を繰り返したぼく。

「あー、それは却下。サイズが合ってないからださく見える」

だの、

「だめ、全然イメージに合わない」

だの、

「色が明日太に合ってないね。もう少し、トーン落とすかもういっそ、白がいいかも」

などと、細かい指摘が多い莉愛との買い物は、なかなかハードなものだった。

けれど、妥協しない莉愛が選んでくれたぼくの服や靴は、自分の目から見てもびっくりするほどなじんで、ぼくをかっこよく見せてくれるものなのだった。

「身長がけっこうあるから、すごく似合うよ。やっぱりわたしの目に狂いはなかったね」

買ったものを全てすぐに身に着けるように莉愛はぼくに言い、莉愛に言われるがま ま、着替えた。

「びっくりするくらいかっこよくなったよ。素敵」

莉愛に至近距離で見つめられ、そんなことを言われてしまうともう、ぼくはどうしていいかわからなかった。

莉愛がぼくをかっこいいと言ってくれるなら、どんなおかしな服装だってかまわないと、ぼくは思った。莉愛以外の全員が、なんだそれ？　と笑ってしまうような格好でも。

彼女は、ぼくを嬉しくも悲しくもさせる、世界にたったひとりの存在だった。

もちろん今も。

「この服は、わたしがこの世界にいる間しか、着ちゃだめだよ。こんな素敵になっちゃうと、女の子が寄ってきちゃうからね」

「この世界にいる間ってなんだよ。どこか違う世界から来た宇宙人ってことなら、なんとなくそうなんじゃないかって気はしてたけど」

「宇宙人って、失礼すぎでしょ。こんな美人捕まえて言うセリフか」

「自分で自分のこと、堂々と美人って言えるのがもう宇宙人なんだよ。確かに美人には違いないけど、そんなことありませんって謙遜すれば、もっと美人に見えるのに」

「そんなことありません、なんて思ってないもん。無理だよ。ちっちゃい頃から可愛いねーとか、綺麗だねーって言われて育ったんだから。そんなことありませんなんて言ったらそれこそ、嘘つきじゃん。褒められたら、ありがとうでいいじゃん」

莉愛がそんなふうに屁理屈《へりくつ》を言って口を尖らせるその姿だって可愛いと思ってしまうのだから、やっぱりぼくはどうかしている。

「ちょっとくらいの嘘は必要なときもあるんだよ。人間ってのは、本当のことだけ言われ続けるのは耐えられない生きものなんだから」

ぼくが言うと、彼女は少し黙って、そしてそうだねと頷いた。

「なら、明日太もさ、わたしになにか、いい嘘ついてよ。わたしが幸せになるような嘘。わたしがそれを信じて生きていきたいって思えるような嘘」

「ぼくは作り話は得意じゃない」

「速攻で断らないでよ」

彼女がまた、怒って頬を膨らませる。試着室から出て、店を出たぼくと莉愛。

というよりも、莉愛について歩くぼく、という感じだ。買い物を全て終えた達成感もあり、お互い妙な高揚感に包まれていた。夕暮れ時、帰り道は行きよりもゆっくりと歩いている。

「ねえ、このままあの道を散歩しに行かない？」

「あの道？」

「うん、ほら、あの川沿いの、明日太の家の近くの道」

「ああ、あの道」

「わたしが明日太を家まで送ってあげるから、ね、そうしよう」

「それはだめ」

「なんで？　なんでも付き合ってくれるって、言ったじゃない」

「まだ退院したばかりなんだし、それだと帰りがひとりになるだろ。だからぼくが、送っていく。あの道を散歩してから送ってあげるから心配しないで」

ぼくがそう言うと、莉愛がなぜか驚いたような顔でこっちを見る。

「なんだよ、なに見てんの？　ぼくの顔、なんかついてる？」

黙ってぼくを見つめる莉愛。時々こんなふうに黙って見つめられるから、ぼくは調子が狂ってしまうし、どうしたらいいかわからなくなる。

「ひとりで帰らせるのが心配とかさ、女の子にモテる男のセリフだよ？　それ、わたし以外にも、普通に言ってるの？」

莉愛がぼくを責めるような口調で言う。なんで心配してやっているのに怒られなきゃならないんだ。

ぼくは言った。

「今言ったのが、人生で初めてだけど。というか、そもそも自分の意思で女の子を家まで送ったことも、送ろうと思ったことも人生で一度もない」

なんでこんなことまで説明しなきゃならないんだろう。まるでぼくがすごく嫌なやつみたいじゃないか。言ってから気が付いたけれど本当に、女の子を心配するなんていうこと自体、ぼくにとっては初めてのことなのだ。

「そうなんだ。ふーん。そうなんだ」

ぼくの言葉を聞いた彼女は二度、そうなんだを繰り返し、なぜか満足そうな表情を浮かべた。

ぼくらの足は自然とぼくのうちの近くの河川敷に向かっていた。

日が暮れて、気温が下がってくるとどんどん彼女は行動的になり、朝よりも元気になっているような気がする。

今日一日、買い物をする間もずっと、ぼくがかわりに持ってやっていた彼女の水分補給セットから、冷えたミネラルウォーターを取り出して彼女に手渡す。

「元気に喋ってるのはいいけど、水、飲み忘れてるよ。いつもならもっとたくさん、こまめに飲んでるだろ」

「わたしより、わたしのことに詳しいんじゃない？　さすが公認見守り係」

莉愛はそう言って笑いながらボトルを受け取り、歩きながら小さな口に冷えた水分をすいと流し込んでいく。

ぼくは隣でそれを眺めながら、本当に花が水を吸うみたいだと思った。放っておくと水切れをおこして萎れてしまう花に、水分を補給させてやるのがぼくの仕事だ。見守り係でも護衛の騎士でもなんでもいい。絶対に萎れさせるものか。

日が完全に沈んで月が明るく見えた頃、ぼくらはちょうどあの河川敷を歩いていた。約束の散歩。両手に持った買い物袋。本日の戦利品がガサゴソと音を立て、ぼくらはご機嫌だった。

ぼくよりも少し前を、スキップするみたいに楽しそうに歩く莉愛は、一日中買い物で歩き回ったとは思えないほど軽やかな足取りで、ちっとも病気なんかには見えない。月明かりにぼんやりと照らされて、色白の彼女の肌は自ら光を放っているみたいだ。

こんな夜に、かぐや姫は天に昇って行ったのかもしれない。ぼくは彼女に、どこにも行ってほしくないと思った。

「ねえ、明日太にひとつ約束してほしいことがあるの」

莉愛がそう言って、振り返る。

「また約束？」

「そう。約束。ああでも、契約書とかがあるわけじゃないから、守るか守らないかは明日太の自由だよ」

莉愛がにっこりと微笑んで、ぼくに言う。守るか守らないかは自由。そんな約束、意味あるのだろうか。

「守らないなら、する意味ないんじゃないかな」

ぼくが反論すると、莉愛は首を傾げる。

「そう？　約束って、そういうものでしょ？　約束と、契約とは違う。相手のことが大切なら守ろうと思えるし、そうでもないなら、まあいいやって思って忘れても、警察に捕まるわけじゃないもの」

「まあ、そうかもしれないけど」

「でしょ？　だから、約束して。わたしがもし死んだら。お盆には明日太に会いに戻ってくる。そのときに、明日太もわたしに会いたいと思っていたら、鬼灯をいっぱい、わたしのために飾ってほしいの。それがわたしに会いたいっていう合図。もしもそのとき、明日太に例えば彼女ができていたりしたら、会いにこられても微妙でしょ？　そういうときは、鬼灯はなし。どう？」

莉愛は最高の提案だろうと言わんばかりに自信満々の表情で、ぼくに言った。

「どう? って言われても」

「なによ、その反応。わたしが思いついた最高の再会シーンになにか文句があるとでも?」

またぼくを責めるような顔をする彼女。こんなにも短時間に機嫌がころころと変わって、疲れないのだろうか。

彼女の言葉に、そうじゃない、とぼくは思った。

「莉愛はわたしが死んだらって言うけどさ。それってつまり、死ぬこと前提の約束だろ? 病気が治ってそんな約束自体、必要なくなる場合だってあるじゃないか。前にぼくがした約束は、元気で退院したらって約束だっただろ? もしも死んだらって、ぼくはそんな約束はしたくない」

ちょっと言いすぎたかもしれないと、勢いで言ってしまってからぼくは思った。

「治らないよ」

莉愛は言った。ぼくの目をじっと見つめて。

「治んないから、約束したいの。約束してほしいの。死んだらなんにも言えなくなるんだよ。死んでからじゃ、遅いの。だから今のうちに言えることは言っておきたいの」

「でも、でもさ」

今、治る方法がなくたって、明日見つかるかもしれない。

一年後、治る薬が開発されるかもしれない。そう思いたいのはぼくだけなのだろうか。もうとっくに覚悟を決めている彼女にとって、ぼくがこれを言うのはルール違反だろうか。

「約束して、明日太。守らなくたっていいから、約束してよ。ねえ、お願い」

彼女は言った。

満月だった。冷たい風が安心感をぼくに与えてくれている。彼女にとって安全なこの温度。彼女の体を楽にしてくれるであろう、冷たい夜風。

ぼくはゆっくり、わかったと言って頷いた。それで彼女の気持ちが少しでも、楽になるかもしれないのなら、なんだって約束してやってもいい。

ぼくは彼女との約束なら、なんだって守りたいと思っている。彼女が生きていようが死んでいようが同じことだ。だけど今それを言うと、彼女が死んでも大丈夫だと思ってしまうから言わない。

莉愛との買い物を終え、自宅に戻ってきたぼくを見て、両親は目を丸くした。

「見違えたわよ。別人かと思ったじゃない」

「ああ、明日太がこんなにいい男に見えたのは初めてだよ」

「やっぱり、彼女すごく明日太のことよくわかってくれているのよ。じゃなきゃこんなに似合うもの、選べないわよ」

「好きな女ができると、こうも男らしくなるもんなんだな」

母と父の会話にぼくはなんと反応していいのかわからなかった。なぜなら、実際にその日、莉愛が選んだ服をそのまま着て帰ってきたぼくは、自分でも驚くほどそれが自分にしっくりきていると感じていたからだ。

鏡に映る自分を見ていたら、莉愛の鬼灯色のワンピースを思い出した。

いつまでも頭から離れない、莉愛の言葉。ぼくと莉愛が交わしたたくさんの約束の中のひとつだ。


約束して。わたしがもし死んだら。

お盆には明日太に会いに戻ってくる。

そのときに、明日太もわたしに会いたいと思っていたら、鬼灯をいっぱい、わたしのために飾ってほしいの。それが会いたいっていう合図。

＊　＊　＊

旅行の出発の日。

ぼくと剛、莉愛とその幼馴染の四人の集合場所は最寄り駅の改札前。ぼくは剛と合流し、ふたりで自転車に荷物を積んで駅に向かっていた。

剛の荷物はめちゃくちゃでかいボストンバッグとスーツケース。一泊二日でなんでこんなに荷物が必要なのかまったくもってわからない。

ぼくの荷物はというと、小さめのボストンバッグがひとつ、しかも中身にはかなり余裕があるので帰りにお土産《みやげ》を買ったとしても入りそう。

「俺、昨日眠れなかったわ。羽鳥ちなみに会えると思うと興奮してさ」

剛が言った。自転車の後ろに紐《ひも》でスーツケースを縛り付けているのでかなり目立つ。改造したハーレーみたいだ。剛の目が心なしかぎらぎらと血走った感じなのはそのせいか。

「羽鳥ちなみの写真、検索して見まくってたら、なんかもういろいろとやばいことになって、気付いたら夜中の二時」

「そのでかい荷物の中身、なに？」

「ああ、これ？　枕だよ、枕。俺、自分の枕じゃないと寝れないんだよな。意外と繊細なとこあるからさ、俺」

剛の実家は寝具店だから、剛は昔から布団や枕に異常なこだわりがある。

いい枕、だめな枕、いい布団、だめな布団。服と同じで枕や布団もその人に合う合わないがあるらしい。寝具を変えるだけで眠りの質が変わり、眠りの質が変わることにより……云々《うんぬん》。

「スーツケースの中身が枕?」

「そうそう、ちなみちゃんにプレゼントする枕も持ってきてるから」

自信満々に剛が言う。初対面で枕のプレゼントっていうのがもう剛らしい。というか、こんなこと考えつくのは剛くらいだと思う。わざわざスーツケースを持ってきてまで。

「ああ、緊張してきた。やばい」

剛はひとりでぶつぶつとつぶやいている。ぼくらの自転車はもうすぐ最寄り駅に到着する。そこからは、電車で、四人で目的地の羽鳥先生の別荘へ向かう予定だ。

駅に着くと荷物を担いでぼくと剛は改札口へと歩いていく。広い駅なので自転車置き場から改札まではけっこう距離があり、スーツケースを引いた剛はもうすでに息を切らしている。

改札口が見えるとすぐに、鮮やかな鬼灯色がぼくの目に飛び込んできた。

駅にはたくさんの人の姿があるけれど、ぼくにはその一点しか目に入らない。たぶんもっともっと広い場所で、もっとたくさんの人がいたとしてもぼくには彼女しか目に入らなかっただろう。

それと同時に、彼女のために作られたようなそのワンピースを着た莉愛を、他の人に見られることがなんだか癪《しゃく》だなとも思った。

「うわ、うっわーやばい！　羽鳥ちなみがいる！」

剛の叫び声でぼくは慌てて目を凝らす。

莉愛のワンピース姿に見惚れていたから気付かなかったが、確かに莉愛の隣には、ほっそりとして背の高い、ショートヘアの女子が立っていた。あれがきっと莉愛が言っていた、モデルで幼馴染の羽鳥ちなみなのだろう。

剛が興奮した様子でぶんぶんと向こうにいるふたりに手を振ると、こっちに気付いた莉愛が手を振り返す。その莉愛を見た周りの人が、剛とぼく、そして莉愛と羽鳥ちなみを見比べる。なんだか見世物になっているみたいで恥ずかしい。

誰がどう見たって、莉愛と羽鳥ちなみの二人組と、ぼくと剛では釣り合いが取れていないと感じるだろう。

剛はそこそこ男前なので見ようによっては莉愛か羽鳥ちなみのどちらかと恋人同士かなにかでもおかしくはないと思われるのかもしれないが。

「明日太ー！」

莉愛がぼくの名前を呼んだ。満面の笑みで駆け寄ってくる莉愛につい、頬が緩んでしまう。

「女王、おはようございます」

ぼくの隣で剛が少しおどけて言った。

駆け寄ってきた莉愛を追いかけるようにゆっくりこちらに向かって歩いてきた、背の高いショートヘア。両耳には大きなピアスがぶら下がっている。剛に見せられた写真のとおり、睫毛がキリンかってくらい長い。

「おはよ。明日太、剛くん。こちら、幼馴染で羽鳥先生の娘のちなみ」

「莉愛の家の隣の、羽鳥ちなみです。ええと、アスタとツヨシだよね？　よろしくー」

余裕な感じでにっこりと微笑む羽鳥ちなみ。初対面でいきなり呼び捨てにしてくるあたりは莉愛と近いものを感じるけれど、見た目はちっとも似ていない。

どっちも美人だけれど雰囲気は正反対だ。大和撫子って感じの莉愛と、ハリウッド女優って感じの羽鳥ちなみ。

「剛です。羽鳥さん、会えてめっちゃくちゃ嬉しい、ほんと。すげーファンで、昨日も興奮して眠れなくてさ、眠れないから羽鳥ちなみの画像検索して見まくったよ。おかげで寝不足なんだけど」

いきなり喋り始める剛に、一瞬驚いたような顔をした羽鳥ちなみだが、すぐにふふふっと笑いだし、こう言った。

「ありがとう。嬉しい。ちなみでいいよー。剛」

それを聞いた剛は、うわあっと声を出し、ぼくにしか聞こえないくらいのトーンでやべーとつぶやいた。

「じゃあ、ちなみ、姫。ちなみ姫って呼ばせてください！」

剛は食いつくような勢いで、彼女に言った。

「姫？」

と羽鳥ちなみが目を丸くする。

莉愛はというと、時々ぼくと目を合わせながら、そのふたりのやり取りを楽しそうに見ていた。

ぼくは、莉愛から目が離せなかった。すぐそばで見る、鬼灯色のワンピースに長い髪を下ろした彼女が、あまりにも綺麗だったから。

「剛、荷物めっちゃ多くないー？」

羽鳥ちなみが剛に向かって笑いながら言う。剛は待ってましたと言わんばかりに、

「この中身、すげー特別なものが入ってるから、到着したら見せるよ」

と、スーツケースをこんこんと叩いて見せる。

「特別なもの？　なになに？」

興味津々といった顔で、羽鳥ちなみが剛にたずねるが、剛はにやりと笑っただけ。

「それはまだ言えないなあ。とにかく全員揃《そろ》ったことだし、出発しませんか、女王」

「そうね、出発！」

女王の一声で、ぼくら一行は歩きだした。目的地までの切符を買おうとしたところで、羽鳥ちなみが「あ、そうだ」と声を出す。

「これ、パパから預かってたんだった。みんなのぶんの切符。往復分あるの。パパからのプレゼントだって」

バッグから四人分の切符を取り出し、にこっと微笑む羽鳥ちなみ。確かによく見ると、芸能人でもおかしくないような美人だ。

「羽鳥先生から？」

切符を見て驚く莉愛。ぼくも剛も手渡された切符を見て目を丸くする。

高校生四人の旅行に、別荘を貸してくれるだけじゃなく交通費までカンパしてくれるなんて、なんていい人なんだろう。

「ほんと、優しすぎてびっくりしちゃう。羽鳥先生大好き」

莉愛が言った。

「パパは莉愛のこと、ほんとの娘みたいに思ってるからねー。一緒に行く護衛のメンバーにも、よろしく伝えてって言ってたよー」

と羽鳥ちなみはぼくらに言う。

「護衛が二名同行するから旅行も許してくれたんだもんね。きっと先生も、明日太と剛くんのこと信用してくれてるんだと思う」

莉愛が言う。ぼくのことは羽鳥先生も知ってくれているけど、剛のことは知らないはずだ。なのにこんなにも信用してくれているのだから、その期待に応えなくてはならない。責任重大だ。莉愛は今のところとても元気に見えるけど、どこでなにが起きるかわからない。

「護衛、頑張らないとな」

ぼくがつぶやくと、剛が「おう。任しとけ」とぼくだけに聞こえるような声で言った。

「女王様、ちなみ姫、お荷物は俺たちがお持ちします！」

剛がいきなり言ったので、え、と声を出してしまうぼく。

ぼくらは女王だけじゃなく姫の護衛まですることになっているのか、と少し戸惑う。

「えーいいの？　アリガトー！」

はしゃいだ声で剛にボストンバッグを手渡すちなみ姫。

「いいに決まってんだろー！　なあ明日太。あ、俺はちなみ姫の荷物持つから、明日太は女王の荷物持つ係な」

剛はただでさえ重そうなボストンバッグとスーツケースまであるくせに、そのスーツケースにちなみ姫のボストンバッグを乗せてなにかの紐で固定し始める。すごい。

「あ、莉愛、持とうか？　荷物」

剛の勢いに押されるように、莉愛に聞いてみると彼女は若干不機嫌そうな顔になり、

「持とうか？　じゃなくて持つよ、でしょ」

と言いながら、ぼくにバッグを突き出した。

こんなふうに元気な莉愛は、入院中は想像できなかった。本当に、本当に莉愛が死ぬなんて思えない。これだけ元気になったのだから、やっぱり莉愛の病気は治るのだろう。そうとしか思えない。そう思いたい。

「旅行行けるくらい、元気になってよかった」

バッグを受け取りながらぼくが言うと、莉愛は口を尖らせて、

「なによそれ、なんか嫌」

とぼくに言う。

「え、なんで？　なんで嫌なの」

ぼくが驚いていると莉愛は言った。

「女の子が怒ってるときに、優しいこと言うのはずるいんだよ」

「なんで」

「許しちゃうから」

莉愛はそう言って、荷物を担いだぼくを置いて、ちなみ姫と腕を組み、きゃっきゃ

言いながら先に歩いていってしまう。

女の子って、本当に、わがままでよくわからない生きものだ。

「なんか、前途多難って感じなんだけど」

ぼくが女王と姫の背中を眺めながら剛に言うと、剛は大量の荷物を嬉しそうに運びながら、スキップでもしそうな感じで、

「前途多難？　どこがー？」

と言う。

「わがまま女王とわがまま姫の、一泊旅行の護衛」

ぼくが答えると、剛は、

「いやいや、めちゃくちゃハッピーだよ、俺は。この役割、やりたい男が世界にどれだけいることかって考えたら、身震いしちゃうね」

と言い残し、大量の荷物をもろともせずに駆け足で女王と姫のあとを追いかけていく。それを追いかけるぼく。

この状況を心から楽しめる剛をぼくは尊敬する。剛の後ろ姿はいつだって心強いのだ。もちろん本人には言わないけれど。

四人で向かい合わせに座れる場所を見つけて電車に乗り込むと、あとは目的の駅までゆっくりと揺られるだけだ。

網棚に荷物を積み込んでいたら、すでにぼく以外の三人は座席に座っていた。

女子ふたりがどちらも窓際を希望したので、剛はちなみ姫の隣に、ぼくは剛の向かいの莉愛の隣に座ることになった。

実際に座ってみると、電車の座席はこんなにも隣同士が近かったのかと思うくらいに莉愛の顔が近くにある。

向かいには剛が座っているけれど、その剛はというと、隣のちなみ姫に必死で話しかけており、姫は姫でそれに対してまんざらでもないいい感じなので、ぼくは自然と莉愛の横顔を眺めることになった。

電車の窓から流れていく景色を眺める莉愛、その頬が、僅か三十センチ以内の距離にある。向こう側が透けて見えそうなくらい、滑らかな肌だ。

「ね、明日太、あのね」

ふいにこちらを向いた莉愛と、ばっちり目が合ってしまう。ぼくはつい、驚いて体を引いてしまい、手すりを乗り越えて通路側に倒れそうになった。

「う、わっ」

「もう、大袈裟《おおげさ》に逃げないでよ」

莉愛が怒った顔をして、莉愛の近くにあるほうのぼくの腕を引っ張った。

「せっかく横に座ってるのに、なんで離れようとするの？　わたしの隣がそんなに嫌？」

「違うよ、そうじゃなくて……」

腕まで掴まれてしどろもどろになっているぼくを見ていた剛が、オイオイー、と笑いながら「違うって、な？」とぼくに言う。

「明日太は女の子に慣れてないから、こんな至近距離で見られたら、恥ずかしいんだよ。しかもほら、女王は美人だから、明日太には刺激が強すぎ」

「へえー、そうなの？　明日太くん、モテそうだなって思ったんだけどなー。彼女とかいなかったの？」

と、いきなり話に入ってきたのは、莉愛の向かいに座るちなみ姫。

女の子のこういう適当な話の持っていき方は、なんだか苦手だ。莉愛に似ているようで、ちょっと違う。

莉愛は強引で時々横暴でわがままだけど、嫌いな相手との会話ですら適当なことはしない。なんでも全力だ。

「いや、明日太はマジで女の子、苦手だったんだよ昔から。モテるどころか、誰も寄ってこないでくれーみたいなオーラ出してたし」

と、ぼくのかわりに答えたのは剛。

「俺はほら、家も近いし、明日太のとことは父ちゃん同士が仲良しだからさ、ちっちゃーい頃から一緒にいたわけよ。だからまだ、喋れるんだけど」

剛が言うと、そうなの？　とはしゃいだ声でちなみ姫。

「じゃあ、あたしと莉愛と同じ感じだよね？　莉愛のママがいなくなってからは、莉愛はうちでほとんどご飯も食べてたもん。もう姉妹みたいな感じで、ほんっとに毎日ずっと楽しかったもん。莉愛も昔は人見知りだったよ、ね？　莉愛」

ちなみ姫が、ぼくら全員に向かって言った。きっと一切、悪気はなかったはずだった。

けれど、莉愛の表情が一瞬、すごく硬くなったのをぼくは見ていた。

たぶん、莉愛のママがいなくなって、というところだったと思う。

ぼくはまた、遠くを見るみたいに窓から景色を眺めている莉愛の、透けるような頬を見つめる。

ぼくは莉愛のことを知ったつもりになっていたけれど、まだまだなにも知らないのだと改めて思い知らされる。

「昔の話は、今日はやめよ。せっかくの楽しい旅行なんだし」

莉愛が言い、うん、そうだねー、とちなみ姫。姫は全然悪気がない。それに莉愛は姫のことが大好きだ。それは莉愛の行動や表情を見ていたらすぐにわかる。

莉愛がこんなふうに、他の人間と近い距離で、自然に会話をしているのを見たのは初めてだ。

莉愛に対して劣等感を抱かず嫉妬もせずに普通に接することができるのが、そもそもちなみ姫だけなのかもしれない。

そう考えてみると、ふたりはすごくいいコンビだと、ぼくは思った。普通に莉愛と会話ができて、一緒にはしゃいだり笑ったり、そういうことができる友達が莉愛にもいたのだとわかって、ぼくはとても、とても嬉しかった。

「ところで、姫、姫は彼氏はいるんですか？」

突然そんなことを言いだしたのは剛だ。

間髪容れず、ちなみ姫は剛に、

「いないよ？　なんで？　なりたいの？」

と返し、剛は目を丸くする。

「そりゃあ、なりたいに決まってますよ、姫」

そう答えた剛に、へえーそっかー、と言って笑うちなみ姫。ぼくの中では最強心臓である剛のさらに上をいくなんて、女の子って怖い、と思う。

「なんでなりたいの？」

「え？　なんでって……」

絶句する剛。にっこりと微笑んで、答えを待つちなみ姫。それを見ながら、なにか楽しいショーでも見ているみたいに笑う莉愛。

この空間は、ぼくにはちょっと刺激が強すぎる。ぼくはペットボトルの水を飲み、母親に持たされたクーラーバッグから莉愛のぶんの水もついでに取り出して手渡す。

「ありがとう。ちょうど、飲まなきゃ、って思ってたとこ」

莉愛がすい、と水を喉に流し込む。一度に飲む量が、以前よりも増えている。本人は気が付いているのだろうか。ぼくは、思い出して言った。

「そういえば、莉愛、さっき、なんか言おうとしなかった？」

首を傾げる莉愛。窓から風が吹き込んで、莉愛の髪を揺らす。

「ううん、いいの」

微笑む莉愛。それをつい、可愛いな、と思うぼく。

莉愛の隣にいるだけで、時間は勝手にどんどん流れていく。電車の座席に並んで座っている、ただそれだけで、どうしてこんなにも穏やかで楽しくて幸せな気持ちになれるのか、ぼくはとても不思議だった。

莉愛の横顔の向こう、電車の窓から見える景色が徐々に緑色に染まっていく。長くてつまらないはずの長距離の電車移動。

莉愛越しに見る田舎の田園風景は、いつまでもこの席に座って、それを眺めていたいという気持ちにさせた。

「ねえ、明日太」

窓の外を眺めていたと思ったら、急にぼくのほうを向く彼女。

「え、な、なに？」

気が付くと、向かいの席に座っているふたりはなんと、どちらもすっかり眠っていた。

剛の肩にちょっともたれるようにして、ショートカットの髪がかくかく動いている。なんだか静かだなあと思っていたけれど、なんだか本当に自由で子どもみたいなふたりだ。

剛とちなみ姫はなんとなくだけど、似た者同士なのかもしれない。

「ひとつ約束してほしいことがあるの」

ふたりを起こさないようにと小さな声で、ぼくに囁《ささや》きかけるみたいに莉愛は言った。

「また約束？　なにかメモでも取っておかないと全部覚えておけないかもしれない」

ぼくがつぶやくと莉愛は答える。

「だめだめ、自分の頭でちゃーんと覚えないと意味ないよ。約束ってそういうものだよ。誰かに見せたり決意表明しなきゃ行動できないんじゃ、約束守れないのと同じ。ちゃんと覚えておく気がないんだよ」

「そうかな。忘れないようにメモするのが悪いことだとは思わないけど」

「じゃあ、わたしの顔も、写真を見なきゃ思い出せないようになるってこと？　写真を見ても、あれ、こんな顔だったたっけ？　誰だっけ？　ってなるかもしれないってこと？」

莉愛は相変わらず囁くような声だったけれど、徐々にぼくと顔の距離を詰めてくる。

「それは、ならないよ」

ぼくが答えると、

「なんで即答できるの？」

と不思議そうな顔で莉愛がまた、ぼくの顔を覗き込んでくる。

「なんでって」

だって、こんなに綺麗なものや、こんなにも可愛い生きものを、ぼくは生まれてから一度も見たことがないからだ。

だって、こんな変な女の子、こんなおかしなことばかり言う勝手な女の子をぼくは彼女以外にひとりも知らないからだ。

目に焼き付いて離れない、莉愛の横顔。

莉愛がこの世にいなくなってしまった今だって、ぼくにとって一番に美しいものだ。

「約束してほしいことって、なに」

「あのね」

「うん」

「わたしがもし、来年まだ生きてたらね」

「もし、じゃないだろ。生きてるに決まってる」

「もし、来年の春、まだ元気だったらね」

「元気に決まってるだろ」

「桜の花を一緒に見たいの。知ってる？　明日太んちの近くの川沿いの道って、春には桜が、ばあーって咲き乱れるでしょ。小さい頃にね、一度ママと歩いたことがあるんだ」

「ああ、あの道ね。春は確かに桜並木がすごく綺麗だけど、桜の散ったあとの毛虫が尋常じゃないよ。もう地獄絵図だよ」

「桜並木を男の子と一緒に歩くって、一生に一度は経験しておきたいことのひとつでしょ。だから、早いうちに実現させておきたいなって思って。命は有限だから」

莉愛はそう言いながら、窓の外を眺めている。一生に一度、経験しておきたいことのひとつ。その相手が、ぼくなんかでは力不足なのではないだろうか。

「一生に一度なら、余計に、相手はちゃんと選んだほうがいいんじゃないかな」

「え？」

「莉愛ならさ、募集すれば志願者はいくらでもいるよ。選びたい放題」

「それ、本気で言ってるの？　強がりとかじゃなく？」

「うん。ぼくはもちろん、莉愛と桜並木を歩くのは嫌じゃない。だけど、そんなにも大事な一生に一度の思い出にするつもりなら、ぼくでは力不足ではないかなと」

「明日太って、なんでそうなの？　わたしを怒らせたいの？」

「え、なんかごめん」

莉愛がまた、なぜだか知らないが怒っている。確かにぼくは、女の子を怒らせる名人かもしれない。母親だって、いつもぼくにいらいらしているし。

「わたしは、明日太がいいの。わたしがいいって言ってるんだからそれでいいの。さ、もうすぐ着くから、ちなみと剛くん起こそうよ」

莉愛がよし、とつぶやいて立ち上がる。

ぼくが莉愛の言葉に目を丸くしている間に、莉愛は眠っている剛の前に立つ。腰に手を当てて仁王立ち。女王の風格だ。

「起きろ！　護衛の騎士は姫よりも女王よりも先に起きる。護衛の基本でしょうが」

剛のほっぺたを、びよーんとつねる女王。

「護衛サボったら、クビにするわよ」

「はいっ!!　すみません女王!!」

いきなり目をぱちっと開けて勢いよく立ち上がる剛。

その隣で、ちなみ姫は気持ちよさそうにすうすうと寝息を立てている。

「うわ、姫、寝顔死ぬほど可愛いな」

剛はそうつぶやいて、恋する乙女みたいに両手のひらを頬にあててキャーなんて言っている。バカだ。本当に。

「もうすぐ着くらしいよ。護衛の騎士は荷物をまとめておかなきゃな」

ぼくが言うと、剛はおっしゃとつぶやいて、巨大な自分のボストンバッグとスーツケース、姫の荷物を嬉しそうにまとめている。

電車が駅のホームへと入っていく。

「さ、到着だよ。別荘まではパパのお友達が送ってくれるんだって」

すっかり目覚めたちなみ姫が、手ぶらではしゃいだ声で言った。姫は手ぶらで護衛の騎士に荷物を持たせているのが似合うのだ。姫の荷物を持った剛も幸せそう。

莉愛はわーいと喜んでいる。こんな莉愛のはしゃぐ姿、学校では絶対に見られない。以前のぼくと莉愛の関係であれば、一生こんな姿は見られなかっただろう。

駅に着くと、ぼくらはちなみ姫の案内でタクシーロータリーに向かう。別荘までの送迎付きだなんて本当にありがたい。

驚いたのは、同じ駅で降りた乗客が二組しかいなかったってことだ。

ド田舎。だけど空気はびっくりするくらいおいしいし、ぼくらの住んでいる地元よりずっとずっと涼しい。こんなに空気が綺麗で涼しいなら、莉愛の病気にもきっといいだろう。羽鳥先生が、護衛のぼくらを一緒に行かせてでも莉愛をここに連れてきたかった理由がなんとなくわかったような気がする。

タクシーロータリーに迎えに来たのはめっちゃでかくて黒いベンツ。中から出てきたのは羽鳥先生の同級生のイケメン医師。ぼくらはイケメン医師に連れられて、ようやく山の中にあるロッジ風の建物にたどり着く。

この別荘はこのあたりで林業をやっている羽鳥先生の友達が建てたものらしく、本物の山小屋をもっと大きくして内装をかなり豪華にした感じ。

外から見たら山小屋、中はホテルって感じだ。

木の匂いが鼻を擽《くすぐ》って、階段やロフトなんかが全部丸太でできているってあたりが、ぼくらの冒険心を掻《か》き立てる。

ちなみ姫は小さい頃からいつも夏休みになるとこの別荘で過ごしていたらしい。それに一緒についてきていたのが、莉愛なのだという。

「久しぶりだなー。嬉しいなぁ」

莉愛は本当に嬉しそうだ。

ぼくらは近くの川でめいっぱい遊び、森林を散歩した。

森の中はまるでおとぎ話の中みたいに川が流れており、小さな橋がかかっている。

「この森には、鹿もいるし猪もいるの。人間がいたら昼間はあまり姿を見せないんだけど、ほら、これも動物のいる証拠」

ちなみ姫が指さしたのはなにか大きなものに踏まれたような葉っぱの窪《くぼ》み。そこに落ちている、巨大な糞《ふん》。

「うわっ！」

踏みそうになった剛が慌てて飛びのいた。それを見て笑う、ちなみ姫と莉愛。

他にもでかい虫や蝶、お化け屋敷もびっくりの巨大なクモの巣。木々からなにかの雫《しずく》が垂れてくる。足元の草は誰もまだ踏んだことがなくて冷たい。

川の水は綺麗でそのまま飲めそうなくらい。

川辺で澄んだ水の中を魚が泳いでいる様子を覗き込んでいると、ふざけた女王と姫に後ろから「わっ！」と背中を押され、ぼくの体は盛大に浅い水の中へ。

それを見て大笑いする剛。

「せっかくだから、魚とって食べようよ。濡れたついでに」

莉愛が言った。

ここへ来るまでは完璧な都会っ子という感じのちなみ姫と莉愛だったのだが、森の中は彼女たちにとって慣れた場所であるらしく、自然にそんな言葉が出てくる莉愛を見て、ぼくはとても驚いた。

濡れたついでにぼくらは釣り竿や網を手に川で魚とりをした。

ぼくも剛もまったく釣れないのに、なぜか、ちなみ姫と莉愛はばんばん魚をゲットしていく。その光景は圧巻で、それを見ていた剛も、

「ああいうお嬢様の姿もいいよなあ」

なんてぶつぶつ言っていた。

最初に川に突き落とされたぼくだけじゃなく、いつの間にかみんな、はしゃいでびしょ濡れになっていた。

別荘に戻って、姫と女王がシャワーを浴びている間、ぼくらは炊飯器で米を炊いた。

とった魚をキッチンで焼きながら、剛が言った。

「なんかさ、俺、雑誌とかインスタで見てた、本物のお姫様みたいに思ってたちなみ姫がさ、めちゃくちゃ釣りがうまいとか、自然の中で虫とか見てもキャーキャー言ったりしないのとか、そういうのすげー、いいなって思ったんだよな」

「いきなりなんだよ、剛って女の子らしい子が好きなんじゃなかった？」

「そうなんだけどさ、だからあのルックスだけでも、全然めちゃくちゃタイプなんだけどさ、でもなんか、それだけじゃないんだよな。正直俺、めちゃくちゃ下心あってここに来たけど、でも、なんかそれじゃだめな気がしてきた」

いつもはふざけてばかりいる剛が妙に真剣な顔でそんなことを言ったので、ぼくは返す言葉に困ってしまった。

「今まではさ、なんとなく適当にワーって騒いで、一緒に遊んでて可愛い女の子がいたらそのノリで付き合って、みたいな感じだったんだよな。そのほうが、楽だったし。ちゃんとひとりの女の子に告白してどうのとか、そういうのあんま、苦手でさ。だけど俺、姫のことは、本気で好きになるかもしれない」

剛がぼくにそんな話をするのは初めてのことだった。いつも適当なことばかり言っている剛が、悩んでいるような顔をぼくに見せるのも。

焼いた魚と炊いた米は、昼食としてみんなで食べた。

川の水があまりにも冷たかったから、着替えてからも、ぼくはまだ、しばらく震えが止まらなかった。

リビングの大きなソファで震えながらカタカタ歯を鳴らしているぼくを見て、莉愛が笑いながらぼくの隣に腰かけ、二の腕にそっと触れてきた。

莉愛の手のひらの温かさが一瞬、ぴたりと伝わってきてどきっとする。

「冷たい。大丈夫？　田舎の川ってめちゃくちゃ冷たいでしょ。わたしも調子に乗って川で遊びすぎて唇が紫になったこと、何回もあるもん」

シャワーを浴びて着替えた莉愛は、いつもより色が白くてさっぱりとした顔をしていた。石鹸《せっけん》の香りがぼくの鼻を掠《かす》める。距離が近い。頭がくらくらしてきた。

「大丈夫？　って、後ろから川に突き落としたくせによく言うよな」

「あはは、ごめんごめん」

莉愛は笑いながらぼくの冷え切った背中を叩く。触れられるたびに、ぼくはその場所に全神経が集中してしまい、冗談でなく息が止まりそうだった。

「明日太と一緒にここに来られて嬉しい。本当に嬉しい」

莉愛は震えるぼくを見つめながら、本当に幸せそうにそう言った。

莉愛が嬉しいならぼくも嬉しい。莉愛が幸せそうな顔をするとぼくは幸せだった。

彼女が隣にいて、笑っている。彼女が友達と楽しそうにしている。子どもみたいに遊んで、おいしそうに食事をしている。

まるで病気なんて嘘みたいに元気に過ごしている莉愛を、ぼくは、心の底から幸福な気持ちで見つめていた。

今だって同じ。ぼくが幸せになる方法は、莉愛が心から幸せそうにしていたときの顔を思い出すことだ。

この世界で今も平和に生きているぼくが幸せになるために、もうこの世にいない彼女の力を借りなくてはならないなんて、なんて皮肉なのだろう。

日が暮れると庭でみんなでバーベキューをした。

その夜も、莉愛が楽しそうに笑っていて、ぼくはとても幸せな気持ちだった。

ぼくにとって忘れられない日。今でも鮮明に思い出せる。

十七歳のぼくらは、まだまだ子どもだった。ぼくも、剛も、ちなみ姫も、もちろん莉愛も、目の前の今を楽しむことに一生懸命だった。

別荘の冷蔵庫には羽鳥先生の計らいで、大量の肉や野菜、飲み物などが詰め込まれていた。ぼくらはそこから食材を出して切ったり焼いたりして食べた。

缶ジュースやペットボトルのソフトドリンクも飲み放題だとちなみ姫は言った。本当に大サービスだ。

お腹もいっぱいになり、気分もハイになってきた頃、莉愛がひとりで席を立ち、

「麦茶飲もーっと」

と言いながら冷蔵庫のあるキッチンに向かった。

庭に戻ってきた莉愛は、片手に氷の入ったガラスコップ、もう片方の手にはなにやらお洒落な模様のデコボコとしたガラス瓶入りの麦茶を持っていた。

お金持ちは麦茶を冷やすときまでやたらと凝ったデザインのものを使うのだなとぼくは感心してしまう。麦茶のガラス瓶が汗をかいていて冷たくてとてもおいしそうに見える。

氷の入ったガラスコップにその瓶から麦茶をなみなみと注ぐ莉愛。その麦茶を莉愛はほとんど一気に飲み干した。そのときだった。

「ちょっとそれ！　お茶じゃないよ!?」

立ち上がって叫んだのは、ちなみ姫だった。それとほぼ同時に、口から飲んだ麦茶をゴホゴホと咳《せ》き込んで吐き出す莉愛。莉愛に駆け寄るちなみ姫。

「莉愛!?　大丈夫!?　もう、なにやってんの!?　それ、パパのウイスキーだよ！　しかもめっちゃ高いやつ！」

ウイスキー？

麦茶、と信じて疑わなかったガラス瓶入りの琥珀《こはく》色の液体が、ウイスキー？

そう言われてから見ると、銘柄などのラベルこそなにもついていないものの、瓶のサイズといい、妙に洒落た瓶のデザインといい、麦茶にしか見えない香ばしい色の液体といい、見れば見るほど外国製の高級ウイスキーだった。

冷蔵庫に入っていたから間違えたのだろうが、ぼくもぼくで匂いを嗅いだ瞬間に気が付きそうなものなのに、バーベキューの焚《た》き火の煙で嗅覚が麻痺してしまっていたらしい。

莉愛は飲んだウイスキーを吐き出したものの、氷の入ったコップ半分ほどはほぼ一気飲みだった。

豪快というか、無鉄砲というか、普通なら一口含んだ瞬間に、違和感に気が付いてもよさそうなものなのに。

　ぼくら三人、莉愛以外の三人が、咳込んで俯き口をハンカチで拭う莉愛を慌てて囲む。

「ねえ、ちょっと莉愛、大丈夫!?」

「だ、いじょーぶ。飲んじゃったけど。羽鳥先生にウイスキー弁償しなきゃいけないかなあ」

　顔を上げた莉愛が、へへ、と笑って言うと、ちなみ姫が心配したのか莉愛の顔を覗き込む。確かにやや頬が赤くなっているように見えなくもない。ここへきてようやくぼくの鼻を刺激するアルコール臭。

「ねえ、本当に大丈夫？　先生呼ぼうか？　莉愛の体に万が一のことがあったら大変だし」

　ちなみ姫が別荘の近くの羽鳥先生の同級生に連絡をしようとスマホに手を触れた瞬間、莉愛が「待って！」とちなみ姫の手を止めた。

「ほんっとに大丈夫だから。お願いだから先生のこと呼ばないで。連絡したら、わたしまた病院に逆戻りになっちゃうかもしれない。もう二度とここに、みんなと来れないかもしれないのに。そんなの嫌」

泣きそうな顔でそう訴える莉愛を見て、ぼくら三人は顔を見合わせた。

「わかった。でも、もし莉愛の体になにかあったら、すぐに先生に連絡するからね」

「わかった。ありがと」

笑顔で答えた莉愛の頬が赤い。一気飲みしたさっきの酒で、酔っているのかもしれない。

そのあと、やや頬を赤らめてはいるものの、元気が復活したらしい莉愛はやたらとぼくに絡み始めた。なかなか面倒な女の子だ。わかっていたことだけど。

「ねえ、ねえねえ、明日太もウイスキー飲んでみたら？」

酔っているのかやや舌ったらずな喋り方になってきた莉愛。この不良め。ぼくはやや莉愛と距離を取り直し、

「飲まない」

と答えた。莉愛が頬を膨らましてぼくに見せる。

「明日太が成人になったとき、最初に一緒に乾杯する女は、どこの誰なんだろうね－」

莉愛はなぜか不機嫌そうに、そうぼやく。

ややややけくそっぽい感じになっているのは見てわかるのだけど、だからといってぼくにどうしろというのだ。

「成人になってすぐに誰かと乾杯するとは限らないと思うけど。しかもそれが女子

だって確率は相当低いんじゃないかな」

ぼくが言うと、莉愛は、はあーとあからさまに大きなため息を吐き出した。

リビングのソファはふかふかで、よく沈む。莉愛が酔って、わざとなのか無意識なのか、ぼくに顔を近づけて酒臭い息を吐きかけてくる。

莉愛の体からは基本、花の匂いしかしないのだが、酒の匂いと混ざったことで、いつもとまったく違う香りのように感じた。もしくは、アルコールが体内に入ったことで、莉愛の体内で生成される匂いになにかしら変化を与えたのかもしれない。

リビングからは、そのまま森林に溶け込みそうな庭が見渡せる。どこまでがこの別荘の庭なのか、それとも外は全部森なのか、よくわからない。

その庭の、バーベキューをした場所で、小さな焚き火を挟んで缶ジュースを片手に剛とちなみ姫がなにやら話をしているのが見える。ふたりともかなり上機嫌で、時折すごく楽しそうな笑い声がこっちに聞こえてくる。

「クソ真面目か。ほんと、嫌になるわ」

莉愛がぼくに顔を近づけてきて言った。また怒らせてしまったらしい。

「なんか、ごめん」

莉愛はまた、ふーと息を吐き出して、ぼくのほうに体を傾けてくる。

莉愛の髪と肩がすぐそこにあり、二の腕の部分はぼくに触れていて、少し体重がかかってくる。とても軽い。なんだか頭がおかしくなりそうだ。

いっそのこと、ぼくだって酒を飲んで酔ってしまえたらいいのかもしれない。

「ねえ、行きの電車でちなみが言ったこと、覚えてる？　わたしのママの話」

　ぼくの肩に頭を乗せて、莉愛が言った。

「ああ」

　ぼくは曖昧に答える。莉愛の香りがぼくの嗅覚を直接刺激する。呼吸をするたびにぼくの全身を莉愛に支配されるみたいだ。

「ママはね、わたしがいるせいで、だめになっちゃったの。すごく素敵なママだったのに。わたしのせいで、普通には暮らせなくなっちゃった。全部、わたしのせいなの。わたしがいなかったら、こんな病気じゃなかったら、ママは普通に暮らせたのに。わたしなんか、いないほうがいいんだよ。一日でも早く綺麗なまま散って、いなくなることが、ママのためなの」

　莉愛は声を震わせながら言った。ぼくの肩に乗せた頭が、小さく小刻みに震えている。

　ぼくは莉愛の顔を見ることができない。どんな顔でそれを言ったのか、ぼくには想像もつかなかった。

「いつ急に枯れるかわかんない花よりも、ママには造花のほうがましだったの。きっとそう。手入れのし甲斐がないすぐに枯れる花なんかより、ママはずっと綺麗な造花のほうがよかったの。ママが欲しかったのは、わたしみたいな子どもじゃないの」

いつもの莉愛の声ではなかった。きっとアルコールのせいでもあるんだろう。こんなふうに話をすることを、きっと莉愛は嫌うはずだ。

もしかすると明日には話したことさえ忘れているかもしれない。ぼくは苦しかった。自分にできることがなにもないことが。

ぼくは、そっと、莉愛の頭を撫《な》でた。手が震えていた。

「……約束、ひとつ追加して」

肩の上に頭を乗せたまま、莉愛がぼくに言った。莉愛が、そっと目線を上げる。視線がぶつかり、ぼくは胸が破裂しそうになる。

「明日太が成人になったとき、一番に乾杯する相手はこのわたし」

莉愛が、とろんとした目でぼくに言う。

「わたしがこの世にもういなくても、一番に乾杯する相手はわたしにするって約束して。お墓の前にワインボトルとグラスを持って来て。ちゃんと両方のグラスにワインを注いで乾杯するの。それで、明日太はそれを一気に飲み干して、わたしのグラスに注いだ分を、お墓にかけるの」

莉愛はそれを言い終わる頃には目にたくさん涙を溜めていた。

「あと、もうひとつ」

「まだあるの？」

「うん。わたしが死んで、もしも他の誰かを好きになるなら、ひとつだけ。わたしに全然似てない人を好きになって。明日太は健康体だから、普通に結婚して、パパにだってなれるんだから。ね、約束だよ」

莉愛がどんな表情でそれを言ったのか、確認するのが怖かった。

莉愛の声が震えていたからだ。

ぼくは泣きたい気持ちを堪えるのに精いっぱいで、莉愛の言葉に、返事をすることができなかった。こんな約束、したくない。

ぼくが成人して一番に乾杯する相手は莉愛だ。

もちろんぼくは、生きている莉愛と乾杯することを望んでいるけど、彼女はそれが叶わない約束だと思っている。

ぼくは莉愛の悲しい言葉を振り払うように、どうにか涙を堪えながら明るい表情を作り、莉愛に向かってこう言った。

「莉愛は今、わざとじゃないとはいえウイスキーを飲んだから、たとえぼくが成人して最初に莉愛と乾杯したとしても、ぼくだけが初めてってことになるわけだよね。それって不公平じゃないかな。特別感があるのはぼくのほうだけで、莉愛はそうじゃないってことなら」

　すると莉愛は、

「なに、言ってるの？」

　と言い、手をグーにして、ボコボコと、ぼくの胸や腕を殴り始める。

「もう、ほんっとに、信じらんない。女の子がこんなこと言うって、どういうことかわからないの？」

　意外と重くて痛いパンチ。

「明日太が大人になったとき、わたしはもういないんだよ。一緒にお酒も飲めないし、遊びにだって行けないし、明日太が車の免許をとっても隣に乗るのはわたしじゃないんだよ。明日太はわたしがいないから、他の人と恋をしたり、結婚したりするんだよ。なんでわかんないの。今しかないんだよ。わかんないなら本当にバカだよ」

　莉愛は言いながら、目に溜まっていたものをぼろぼろと流し始めていた。

　悲しい顔というよりも、悔しい怒りの表情で、ぼくを罵りながら同情だけはしてくれるなという目でぼくを見ていた。

　グーでぼくを殴る力はすごく強い、あざができそうだと思うくらい。

「莉愛、痛いよ。めちゃくちゃ痛い。こんな力で殴れる女の子が、死ぬわけないよ」

　ぼくは莉愛がぼくを殴る手を防御しながら、わざと明るい口調で言った。莉愛は言った。

「わたしは綺麗に散りたいの。潔く、美しく散りたいの」

莉愛が泣いている。目の前で、すぐに触れられる距離で。

ぼくを殴っていた手が止まる。

「わたし、死にたくないなんて、思いたくない」

莉愛に殴られた腕や胸がじりじりと痛い。

莉愛の声がぼくの頭の中で、ぐるぐると何度も繰り返される。

弱々しく響く莉愛の声。

ぼくは莉愛に、成人になってほしいと思った。二十歳になった莉愛と一緒に酒を飲んだり、遊びに行ったりしたいと思った。

それが叶わないなんて、ぼくは思いたくなかった。

そのとき、ふいに庭からかん高い笑い声が聞こえた。

「じゃーん！　見て！　これ！」

リビングにちなみ姫と剛がやってきて、ちなみ姫が言った。

姫が両手で抱きしめているのは、大きな枕。

莉愛はすぐに涙を拭いて、何事もなかったみたいに明るい表情を作って見せる。

「なにそれ？　枕？　どうしたの？」

「剛がくれたの！」

「俺からのプレゼント。山根寝具店の枕で姫も快眠間違いなし。今日は女王にも、俺の枕を貸してあげるから、ぜひ寝心地を体験してくれ」

剛が得意げにそう言うと、

「剛くんの愛用枕？　遠慮しとく」

と莉愛が笑いながら言った。

「なんでだよ！　ひでえな女王」

剛が泣きそうな顔になる。

「だって、なんでちなみにはプレゼントでわたしには、俺のを貸してあげるなの。ひどいのはどっちよ」

「いや、それは俺の、姫への愛情表現というか、女王への忠誠心というか……」

「意味わかんない。もう騎士は解雇。クビよ、クビ」

剛が顔面蒼白《そうはく》になり、莉愛はちなみ姫と顔を見合わせて笑う。

もう、さっきまで泣いていた莉愛はそこにいなかった。

旅行から帰ってからも、ぼくはその日の夜の莉愛の涙が頭から離れなかった。

莉愛と交わした約束も。

明日太が成人になったとき、一番に乾杯する相手はこのわたし。

わたしがこの世にもういなくても、お墓の前にワインボトルとグラスを持って来て。ちゃんと両方のグラスにワインを注いで乾杯するの。

それで、明日太はそれを一気に飲み干して、わたしのグラスに注いだ分を、お墓にかけるの。

＊＊＊

「どうしても海に行きたい」

と莉愛が言いだしたのは、制服に長袖のカーディガンが手放せなくなった、十一月の終わり頃のことだ。

「ねえ明日太。海に行きたい。連れてって、お願い」

ずっと前からの彼女の願いを叶えてやりたいと思ったぼくは、莉愛を連れて十一月の海を目指すことになった。

羽鳥先生はダイビングとサーフィンが趣味で、海のそばにサーフィン友達が小さな小屋を持っているんだそうだ。

莉愛は先生に頼んで、その小屋をぼくらふたりの十一月の海水浴（！）のために貸してもらうという約束を取り付けていた。

週末を利用しての海辺での一泊。女の子とふたりきりでの一泊旅行など、両親が許すはずはないとぼくは思っていたのだが、相手が莉愛だとわかるとなぜかあっさりオーケーされてしまった。

「連れてってあげなさい。女の子だけじゃ心配だし。あの子綺麗だから、ひとりで海なんて歩いてたら危ない人にさらわれちゃうわよ」

というのが母親の意見だったのだが、彼女にとっての危ない人に、一応男であるぼくは含まれないらしい。

父親までもが、

「しっかり護衛してきなさい」

と快く送り出したのだった。これにはぼくも拍子抜けしてしまった。

「ねえ、これ買おう、これも。あ、これも食べたい」

海辺の駅前のコンビニ。

莉愛は楽しそうにスイーツや飲み物コーナーを物色している。制服姿ではなく、私服に薄手のカーディガンを羽織っている莉愛は、いつもの莉愛のように見えて、なんだか少し頼りないような印象だった。

つい、痩せた？　と聞こうとしたけれどやめた。せっかくの楽しい気分をだいなしにしたくはなかったから。

けれど、明らかに、莉愛は退院してすぐのときよりも痩せていた。もともと華奢《きゃしゃ》な莉愛は以前よりも色の白さが際立って、全体の線がより細く、なんだか本物の妖精みたいに見えるのだ。

「コンビニって最高だよね。病気になって入院するまで気付かなかったなあ。なくして初めて気付くものなんだね」

海に行けるという気分の高揚のせいなのか、たかがコンビニでの買い物に、明らかに気分がハイになっている莉愛。不意打ちで、ぼくの腕に自分の腕を絡めてくる。

「うわ！　やめ……」

女の子にそんなことをされるのはぼくの人生で初体験である。しかも人前で。

「ねえ、明日太、わたしの話、聞いてる？」

「聞いてるよ」

案の定、ぼくがついそう莉愛に答えた瞬間に、コンビニの店員同士がぼくをチラ見して目配せをしあっているのに気が付いた。

一緒にいるとつい、忘れてしまいそうになるが、莉愛は美人だ。

少し痩せた莉愛は以前よりも子どもっぽさが消え、綺麗すぎてなんだか怖いくらいなのだ。

どんな服装をしていても目立ち、しかも一緒にいるのは地味なぼく。そのぼくに、腕を絡めてコンビニでスイーツをねだる莉愛。店員が囁きあっているのはたぶん、ぼくらが釣り合っていないとかそういった内容なんだろう。

「朝ごはん用にオレンジジュースも欲しいな。おやつのときはカフェオレも飲みたいし」

わがまま放題の莉愛がぼくに飲み物までねだってくる。

「朝ごはんとか言うなって。あと、腕を組むのはやめてください」

店員の視線を気にするぼくはつい、莉愛に対してそっけなくなってしまう。

「なんでだめなの？　腕くらい組んでもいいでしょ。しかもなんで敬語なの」

「だめなものはだめ」

「はいはい、わかりましたよー」

莉愛は言った。

「あったかくなったらまた入院になっちゃうもん。せっかくだから帰るまでに味わっておきたいの」

　ぼくは黙ってそれに頷き、オレンジジュースとカフェオレをカゴに入れてさっさとレジへ。

　ようやく羽鳥先生の友達の所有する小屋に到着したときにはもう、ぼくは疲れてくたくたになっていた。

「すごーい！　海がもうすぐそこだよ！」

　莉愛が叫んでいる。海には人はほとんどおらず、もちろん海水浴をしているファミリーやカップルもいなかった。遠くにウエアを着たサーファーが数人見えているだけだ。小さな小屋の中にはサーフィンのボードがたくさん並んでいて、壁にはウエアもかけてある。簡単なキッチンと冷蔵庫、小さなベッドがひとつある。

　ここで一晩過ごすのか、とやや不安な気持ちになるぼくとは対照的に、莉愛は大はしゃぎでバッグから水着を取り出している。

「え、まさか水着で海水浴するつもり？　十一月だよ」

　ぼくが目を丸くしていると、平気な顔で莉愛は言った。

「下に水着着て、上からワンピース着ちゃえばそのまま海に入れるかなって思って。え、明日太は持ってきてないの？　水着」

「当たり前だろ。十一月に水着で海水浴するやつがどこにいるんだよ」

「ここにいるけど」

平気な顔でぼくの目の前で着替え始めようとする莉愛にぼくは慌てて、

「見えないとこでやってくれ！」

と叫ぶ。

「はーい」

と言いながらバスルームへ向かう莉愛の後ろ姿を眺めながら、ぼくは大きなため息をついた。改めて小屋の中を見回してみる。

かなり洒落た造りの小屋だけど、ベッドはひとつ、バスルームとの境目もなんだか曖昧だ。こんなところでぼくらは一晩ふたりきりで過ごすのか、と思うとなんだか頭がくらくらする。

「着替えたよ！　早く海行こ！」

鬼灯色のワンピースに薄手のカーディガンを羽織った莉愛が待ちきれないといった感じでぼくに言う。首元から水着の紐が覗いていて、なんだかぼくは変にどきどきしてしまう。

浜辺に移動したぼくらは、持ってきた簡易のテントを浜辺にセットし、ぼくはテントの前の砂浜に座った。ひんやりとした風が吹く十一月の海に波音だけが響く。周りにはもちろん誰もいない。

莉愛はさっそく裸足になって海へ向かって猛ダッシュ。躊躇《ちゅうちょ》なく十一月の海に足を浸ける。

「きゃー！　冷たい！　寒い！」

はしゃぎながら叫ぶ莉愛。

「そりゃ寒いよ、十一月なんだから！」

ぼくはワンピースのまま海に膝まで浸かっている莉愛に向かって言った。

海にいる莉愛はとても絵になっていて、鬼灯色のワンピースは鮮やかに風に踊る。

「ねえ！　明日太もこっちに来てよ！　一緒に遊ぼう！」

莉愛が大声でぼくを呼ぶ。

「寒いから嫌だ」

ぼくが答えると、莉愛はぷい、とそっぽを向いて、海のどんどん深いところへ入っていく。

「なにやってんだよ、あんまり深いところへ行くと危ないって！」

ぼくの声が聞こえているのかいないのか、振り返って微笑む莉愛。

「ねえ、早く来て。溺れちゃうよ」

その莉愛の表情を見た瞬間、ぼくの中でなにかが弾けた。

莉愛を失いたくない、という気持ちと、莉愛を守りたいという気持ち。

このままずっと、こんなふうに莉愛と一緒にいたいという気持ち。

今までぼくが見てきたどの景色より、莉愛のいる世界は輝いて見える。莉愛がいない世界なんて、ぼくはもう想像もつかないのだ。

ぼくは砂浜から、ゆっくりと立ち上がる。

もう、誰にどう見られたってかまわなかった。

ぼくは服のまま、裸足で十一月の海に足を踏み入れる。

水は冷たく、波は強く感じた。服のまま海に入ると溺れやすいと誰かから聞いたことがある。ぼくは羽織っていた上着を浜辺に脱ぎ捨てて、莉愛のいる場所へ、海の中を進んだ。

ようやく莉愛のいる場所にたどり着くと、莉愛は言った。

「ねえ、明日太」

「なに」

「連れてきてくれてありがとう」

「いいよ、約束だから」

ぼくが答えると、莉愛はにっこりと微笑んだ。その表情に見惚れていると、

「つうわ！」

顔面がいきなりびしょ濡れになり、目を開けると、いたずらっぽく笑う莉愛の顔。

「くそっ、なんだよ！」

　ぼくも負けじと、莉愛に向かって水しぶきを飛ばす。水は莉愛までほとんど届かず、大笑いする莉愛。気付けばお互い、腰まで海に浸かっていた。

　水をかけあって、ぼくは時には頭まで潜って莉愛に攻撃を仕掛けた。水からあがると砂浜を走り、ぼくらは子どもみたいに日が暮れるまで遊んだ。

　周りの人はきっと、十一月に海に浸かって大騒ぎするぼくらを、とんでもなく頭のおかしいやつらだと思っただろう。

　だけどそんなのは、ぼくにとってどうでもいいことだった。今は莉愛と過ごすこの時間を一番に大切にすると決めたのだ。

　日が暮れると、莉愛と並んで砂浜に寝転んだ。

　ぼくらの服はびしょ濡れで、見上げた空には月と、たくさんの星。

「ねえ、最高だね」

　寝転んだ莉愛が、そう言ってぼくのほうに顔を向ける。

　砂が頬に少しついて、長い髪にも砂が絡んでいる。だけど莉愛はちっともそんなことは気にしていないみたいだ。

　波の音は、ぼくらの会話に絶妙なタイミングで相槌をうってくれていた。

　このままずっとここで、莉愛と並んで寝転んだまま、ミイラにでもなってしまえたら、どんなにいいだろうなと、ぼくは思った。

「わたし、今すごく、幸せなの」

莉愛が言った。

少し苦しそうに見えるのは気のせいだろうか。隣にいる莉愛の呼吸が、荒くて弱々しいように感じる。

元気に振る舞ってはいるけれど、確実に、莉愛は以前よりも弱っていた。それを指摘すると彼女を傷つけてしまいそうで、ぼくは莉愛の横顔を見つめることしかできない。

「幸せって、すごく怖い」

ぼくの横で、砂浜に寝転んだ、莉愛の頬に一筋の涙が伝う。

「病院に戻りたくない。死にたくない。ずっとこうやって、明日太と遊んでいたい」

なにかが、決壊したみたいに涙が溢れてくる。

「わたし、死ぬのが怖い。明日太と一緒にいたいと思えば思うほど、病院になんて戻りたくないって思っちゃうよ。このままずーっと、ここに寝転がっていたい」

ぼくは、悪いことをしてしまったのかもしれない。

ぼくは莉愛に死んでほしくない。だけど、それはぼくの勝手な気持ちなのだろうか。

「ぼくは、ずっと莉愛に生きていてほしい」

隣にいる、莉愛を見つめる。

ぼくは成人したら莉愛と酒を飲みたいし、ぼくが運転免許をとったときは、莉愛を乗せてドライブに行きたい。

お腹が減ったら一緒にご飯を食べ、眠くなったら一緒に眠りたい。

朝目覚めたらそこに莉愛がいて、なんでもない日々をいつもふたりで過ごしたい。

結婚するなら相手は莉愛でないと嫌だ。莉愛に時々怒られながら、莉愛にそっくりな子どもと一緒に暮らしたい。

いつまでも、ずっとだ。

「ぼくは、莉愛に、死んでほしくない」

声をあげて泣く、彼女の小さな頭と髪に触れ、自分の胸に抱きしめるとき、生意気ながら、ぼくはこれが愛なのかもしれないと思った。

「潔く綺麗に散りたいなんて、もう言うな。ぼくは莉愛にずっといてほしい。いなくなんてなるな」

ぼくも泣いていたし、莉愛も泣いていた。

泣きながら、ぼくは莉愛の背中をゆっくりとさすった。

抱きしめたって、いつかいなくなってしまうかもしれないと思うと余計に離したくなくなって、手に込める力は強くなった。

十一月の砂浜で、波の音を聞きながら。

ぼくらが一緒に泣いたのはこれが、最初で最後だったと思う。

海辺のサーフィン小屋に戻ったぼくらは、交代でひとりずつシャワーを浴びた。

ぼくは海水でべとつく体をシャワーで洗い流しながら、ふと、今からぼくらは同じ部屋で眠るのだろうかと考えた。

シャワーを浴びて部屋着に着替えたぼくは、今夜の過ごし方についてなんの答えも出せないまま、ややどきどきしつつ莉愛の待つ部屋へと戻る。

部屋着の上下に着替えた莉愛は、行きのコンビニで買った中からスイーツをいくつか取り出し、なぜかスマホでパシャパシャと写真を撮り始めていた。

「莉愛、なんでロールケーキの写真撮ってんの？」

「記念撮影。もう二度とロールケーキ食べれないかもしれないから。今度入院したら、病院の先輩に見せるの」

「先輩？」

「そう。長く入院してるとね、病院にも友達ができるんだ。先輩はかなり古株なの」

「先輩って、男？　女？」

莉愛はぼくがそう聞くと、うふふ、といった感じで「どっちだと思う？」と聞いてくる。

「なんで嬉しそうなんだよ。男か女かって聞いただけだろ」

「どっちだと安心で、どっちだったら嫌なの？」

「そういう意味で聞いたんじゃないよ」

「先輩はわたしよりずーっと年上だよ。お父さんか、お兄ちゃんみたいな感じ」

「お兄ちゃん、ってことは男なんだ」

「気になるの？」

「別に気にならない」

「嘘、気になったから聞いたんでしょ？　ちなみにすごいイケメンで身長百八十センチ」

「百八十……」

「やっぱり気になるんだー」

「いや、ならない」

莉愛はぼくの腰かけていたベッドの隣に移動してくる。ぎし、と音をたてるベッド。そもそも狭い部屋だからというのもあり、ベッドに座っていたのだが、こんなふうにして莉愛に同じベッドに乗られると、なんだか妙に意識してしまい気が気ではない。

「なによ、正直に気になるって言えばいいでしょ？　わたしは気になってるよ。わたしが死んだあと、明日太に新しく気になる女の子ができるんじゃないかとか、もうすぐ大学受験だし、大学に行ったらまた新しい出会いがあって、好きな女の子ができるだろうなとか、コンパとか行って彼女ができたりするのかなとか」

なぜか莉愛はちょっと怒ったような感じで、ちょっと泣きそうな声で、ぼくに言った。

「わたしがいなくなっちゃったら、明日太に彼女ができるかもしれないでしょ？　だから今、すごく頑張って、たくさんわたしの思い出を作っておきたいの。だって、今だけかもしれないんだから。次に入院したら、もう戻ってこれないかもしれないんだから。ねえ、そういうこと、わかってる？」

莉愛がぼくの目の前にいて、触れることができる。それが、もう最後かもしれない。理解しようとはするけれど、頭と体が追い付かない。

ただひとつだけ言えることは、ぼくは、やっぱり目の前にいる彼女、最音莉愛のことがとても好きだ、ということだ。

「ぼくはコンパにも行かないし、きっと彼女だってできないよ。好きな子もできない。約束したっていいよ」

「そんなこと、約束しなくていいよ」

「したいんだよ」

「しなくていいってば」

「なんでだよ。それとも身長百八十センチの先輩がそんなに好きなのか」

「好きって……、先輩のことは明日太とは比べられないよ」

ぼくは莉愛といたいのに、なんでこんなふうになってしまうんだろう。

この気持ちは明らかに嫉妬であり、自分の約束と引き換えに、ぼくは莉愛を独占しようとしている。なんだか自分が嫌になる。こんな気持ちになったのは生まれて初めてだった。

「ごめん、ちょっと外の空気吸ってくる」

ぼくはそう言い残し、小屋から出て浜辺に腰かけた。

小さな小屋に、莉愛とふたりきりでいるのはなんだか落ち着かない。護衛の騎士でもあり見守り役でもあるぼくだけど、ぼくだって一応男なのだ。

病気と闘いながら生きている莉愛を、自分の勝手で独占したいと思うなんて、ぼくはなんてひどい人間なのだろうか。

ぼくは莉愛が好きだ。それすらもまだ、きちんと伝えられていないのに。

まずぼくがしなければならないこと、それは、自分の気持ちをきちんと整理して伝えるということだ。

波の音は人の心を慰める力があるらしい。ぼくは勝手に気分を切り替えて、小屋に戻り、ベッドのそばにそっと近づく。

ぼくのことなどおかまいなしにベッドの中央を陣取った莉愛は、すうすうと気持ちよさそうに寝息を立てており、まったく起きる気配はない。柔らかそうな白い頬や形のいい唇が、莉愛の寝息に合わせて上下する。

ぼくはそれを、とても愛おしいと思った。

ぼくをこんなにもどきどきハラハラさせる彼女は本当に罪だ。

ぼくはふっとひとりで笑い、ベッドのど真ん中を占領する莉愛を起こさないように、そのままベッドの下のカーペットにごろりと横になって眠った。


翌朝、目覚めると莉愛がいなかった。

不思議に思って小屋の外に出てみても、浜辺に莉愛の姿はない。ひとりで出歩くのは危ないからこうして護衛についてきたのに、こんなことでは騎士失格だ。

そう思って慌てていると、

「おはよ」

という声とともに買い物袋をぶら下げた莉愛が戻ってきた。

「おはよう」

「近くにおいしいパン屋さんがあるって、先生から聞いてたの。朝ごはん買いに行ってきちゃった」

「ああ、ありがとう」

小屋で一緒にパンとコーヒーを食べ、ぼくらはその浜辺を後にした。

昨日のちょっとしたすれ違いのまま、何事もなかったように笑顔で会話する莉愛は、昨日のことなんて忘れているみたいに見えた。

きちんと話しあうきっかけもないまま、ぼくは莉愛を家まで送った。

これが最後のデートになるとは思わなかったぼくは、次にふたりで会ったとき、きちんと気持ちを伝えようと考えていた。

その冬、莉愛は死んだ。

6

真冬のサイネリア

海に行った年の暮れ、莉愛の体調が急変したと、羽鳥先生から連絡があった。

羽鳥先生にぼくの連絡先を伝えてくれたのはちなみ姫。もしものときにはぼくにも連絡を入れてほしいと莉愛から頼まれていたのだという。

剛はあの旅行以来、頻繁にちなみ姫と会うようになり、剛が押しに押してついに付き合うことになっていた。

莉愛が急変したのは医師である羽鳥先生も、たぶん莉愛本人も、大丈夫だと思っていた真冬。

外気温が低いからと気を抜いて油断していたら、急に倒れて意識不明。

仕事で忙しく家にはほとんど帰っていなかったらしい父親が、たまたま家にいたときだったので、莉愛はすぐに病院に連れてこられてそのまま入院することになったのだという。

ぼくは恥ずかしいことに、莉愛の父親がほとんど家に帰らなかったということも、莉愛の母親が、莉愛の病気が発覚して以来、精神を病んで入院しているということも知らなかった。莉愛があの広い家に、いつもひとりでいたなんて考えられない。

莉愛はどれだけ寂しかったのだろうと考えたら、胸が痛くて苦しかった。

今度の入院は、面会は一切なしの絶対安静。

莉愛に意識がないのだから、もう連絡をとることすら叶わなかった。

莉愛が死ぬ二日前、ぼくは莉愛に会いに行った。

会いたくてどうしようもなかったから。このまま顔も見れずに莉愛と会えなくなるなんて考えられなかったから。

病室がどこかもわからない。もう会うことはできないとわかっていたけれど、ぼくは病院に行ったのだ。

真夜中に忍び込んだ病院の中庭で、ぼくは莉愛のいる場所を探した。建物のすぐ近くまで行き、全神経を集中して空気を吸い込んだ。彼女の香りを少しでも感じることができたら、その香りの出どころがわかったら、そこが莉愛のいる場所だ。

莉愛の病気は進行していてその花の香りは前にも増して濃く、強くなっているはずだった。ぼくは夜風に漂う香りを自分の中で選別し、精査していく。

歩きながら中庭で風の匂いを嗅いでいたとき、ふっと一瞬、鼻にひっかかるような香りがあった。甘く、瑞々しい、どこか懐かしいような花の香り。

ぼくはその場所で立ち止まり、真上の病室の窓を見上げる。

病室の窓ガラス越しにぼくが見つけたのは、青のストライプのリボンで無造作に束ね、窓際に置かれた小さなドライフラワーだった。

ただのドライフラワーじゃない。あの青のストライプのリボン。ぼくがいつか莉愛に贈った、オレンジや黄色のバラとヒマワリを、ドライフラワーにしたものだ。

「見つけた」

ぼくは小さくつぶやいて、駆けだした。

向かったのは救急の夜間診療入り口。静まり返ったその入り口にいるガードマンの目を盗むようにして、ぼくは入り口を駆け抜けた。

さっき中庭から見た病室の場所を目指して走る。真夜中の病院はやっぱりぼくの苦手な匂いで満ちていた。生と死の香り。その中間の香り。薬品の匂い。その中に微かに、莉愛の香りが混ざっている。ぼくはその香りの出どころに向かった。

病室の場所は、すぐに見つかった。空調を完全に管理できる個室。最音莉愛のネームプレート。病室の外にいてもわかる、甘く、瑞々しく、とても濃い、花の香り。

意識がない彼女の顔でもいい、一目見ることができたら。ぼくはゆっくりと扉を開け、

「莉愛」

と呼びかける。

ベッドに横たわる彼女の姿。部屋に充満した、花の香り。窓際のドライフラワー。

月明かりに照らされて、ぼうっと光を放つ白い肌。

「莉愛？」

ほんとうにただ眠っているだけに見える。莉愛にぼくは声をかける。

「莉愛、起きてよ、莉愛」

「桜が咲いたら一緒に見に行くんだろ？」

莉愛の頬に、そっと触れる。

冷たくて、ほんとうに氷みたいだ。

触れただけでわかってしまう。きっともう、彼女は起きることはない。

「成人したら、一緒に乾杯するって約束しただろ」

「なにも知らなくって、ごめん」

「ひとりぼっちにして、ごめん」

「すぐそばにいてやらなくてごめん」

「本当にこのまま死ぬなんて、そんなことないよな？」

「ぼくはまだ、莉愛になにも伝えてない。自分の気持ちも」

触れていた頬が、ほんの少しだけ、ぴくりと動く。

滑らかな肌。形のいい唇。あまりにも綺麗だからって、勝手に眺めてばかりいたら、
莉愛は怒るだろうか。

「莉愛、好きだ」

ぼくは、彼女を初めて保健室に運んでいった日のことを思い出す。平手打ちをされ

て、勝手に庇うなと怒られて、そのあとすぐに倒れた彼女の、あの軽さ。

眠っているお姫様に、恋をして、キスをするなんて、おとぎ話の中だけの話で、実際にそんなことはあり得ない。だけど彼女こそが、そんなおとぎ話の中のお姫様にふさわしいと思ったこと。

勝手に店にやってきて、ぼくに花束を作れと命令したことや、勝手に護衛の騎士に任命したことや、あの川沿いの道の散歩。学校での冷たい態度。

お見舞いの強制。一緒に服の買い物をしたことや、別荘で間違ってお酒を飲んで、酔って涙を流して語った彼女の本当の気持ち。

死にたくないと、思いたくない。

ぼくは彼女のことが好きだった。最初から、たぶん好きだった。あの保健室から、きっともうぼくは彼女のことが好きだった。

もしかしたら、あの渡り廊下のときにはもうとっくに好きだったのかもしれない。

「莉愛、好きだ。ずっと好きだった」

なんで今まで言えなかったんだろう。

なんで莉愛がこんなふうに、意識のない状態になってしまうまで、伝えることをしなかったんだろう。

「好きだ。好きです」

莉愛の眠ったような顔が本当に綺麗で、その頬に、ぼくの目から落ちた涙が一滴、ぽとりと落ちた。その一滴が引き金となって、ぼくは声を出して泣いた。

ベッドの傍らに置かれていた椅子に座り、その場所から動けずに、莉愛のことだけを見つめてぼくは泣いていた。涙が涸《か》れそうなくらい泣いて、俯いて、もうすぐ夜が明けるかという頃、少しうとうとし始めたぼくの耳に、

「明日太」

ぼくの名を呼ぶ、澄んだ声が響いた。

明日太。

この世界で、ぼくのことを名前で呼び捨てにする澄んだ声の持ち主は、たったひとりだけ。世界でたったひとりだけの女の子。ぼくは、おそるおそる顔を上げる。

夢を見ているのかと思った。

「明日太」

「莉愛……?」

幻か、夢かもしれない。夜中からずっと起きていたから、それとも泣きすぎて見えた幻覚かもしれない。

目の前に、ベッドから体を起こしてぼくを見つめる、世界でたったひとりの彼女の姿があった。

「いつまで泣いてるの？　告白しといて、ひとりで号泣してって、ほんっと、なんなの」

やっぱり彼女は怒っている。いつもの彼女だ。怒りながら、笑っている。

「ごめん」

やっぱりぼくは謝っている。いつもそうだ。だけどぼくは、目の前の彼女が愛しくて仕方がなかった。ずっと眠ったまま起きないのかと思っていたから。

けれどまさか、あの告白を聞かれていたなんて。もちろん本当の気持ちだが、あそこまで号泣して、泣きながら何度も好きだ好きだと言いまくったのを聞かれていたとしたら、大誤算である。

「ねえ、告白したなら、キスくらいしたら？」

莉愛が言った。

「好きなんでしょ？　わたしのこと」

「あ……はい。そうです」

なぜか敬語になってしまうぼく。そうですって、なんなんだよ。

「あのさ、寝たふり、してたって、こと？　意識がないのかと思ってたからぼくはその……」

「途中からは、完全に起きてた。全部聞いてたよ。人の顔に鼻水垂らしたら、ちゃんと拭いてよね」

開いた口が塞がらなかった。そんな、まさか。

「ちょっと、こっちに来て」

莉愛がぼくに手招きをする。ぼくは言われたとおりに彼女に近づいて、恥ずかしさから俯いてしまう。

「わたしも、明日太が好き。明日太がわたしを知るよりもっと前から」

莉愛が言った。

え、それってどういうこと？　とぼくが聞こうとしたそのとき、莉愛の右手がぼくの腕を引き寄せた。うわ、とぼくが声を出した瞬間に、莉愛の顔がぼくの目の前にあり、その距離はほんの数センチ。

「目を見て言ってくれる？　わたしのことが好きって」

もうごまかしはきかなかった。鼻息までもが届きそうな距離。ぼくは目の前の愛しい人に向かって言った。

「好きです。莉愛が好きです」

一瞬、莉愛は目を丸くして、そして微笑んだ。微笑んでいるのに、莉愛はなぜか涙を流している。

「死にたくない。わたし、死にたくなくなった。ねえ、もう一回言ってよ。明日太がそう言うたびに、死にたくなくなるから」

「好きです。好きだ」

彼女が死にたくないと思ってくれるなら、生きる気になってくれるなら、何度だって言える。莉愛の泣きながら笑う顔が目の前にあった。

誰もが驚くかもしれないが、キスはぼくのほうからだった。

全部彼女に無理やりやらされて、それに流されるようにしてきたなんというかずるい、弱い男だったぼくだが、最後の最後は自分の意思で決めたのだ。

唇を離した瞬間に、

「やるじゃん」

と彼女が言った。

「ごめん」

とまたぼくが言うと彼女は、

「そこで謝るのって最低だからやり直してくれる?」

と言ったので、ぼくは改めて、告白とキスのやり直しをした。

「ねえ、最後になるかもしれないから、もうひとつだけ、お願い聞いて」

莉愛が言った。ぼくは頷く。なんだって叶えてやるつもりだった。

「隣に来て」

莉愛はほんの少しだけ、頬を染めながら自分の寝ているベッドの横を指さして言った。

「ほんとはね、海に行った日にそうしてもらうつもりだったの。でも、寝ちゃった」

そう言って笑う莉愛が愛おしくて、ぼくは莉愛の言うとおりにした。

お互いの体温を感じずにはいられない距離で、お互いに病室の白い天井を眺めながら、莉愛はぽつりぽつりと話し始めた。

「わたし、きっと、もうすぐ死んじゃうと思う」

静かな、寒いくらいにエアコンのきいた病室。まるでフラワーキーパーの中にぼくと莉愛のふたりだけが閉じ込められているみたいだった。

ぼくは頷くことも返事をすることもできなかった。今すぐ隣にいる、世界で一番好きな人がもうすぐ死んでしまうなんて、神様はなんて不公平なんだろう。莉愛はなにも悪いことなんてしていないのに。

莉愛はぼくの返事を待つつもりはないらしかった。莉愛は続けた。

「すごく不思議な話があってね。花化病で死んだ人間の骨からはね、種《たね》って呼ばれる塊が見つかることがあるんだって」

「……種？」

「そう、種だよ。すごく不思議な話なんだけど、その種を植えるとね、花が咲くことがあるんだって。アメリカのどこかの州でね、花化病にかかった若い女の子の骨からとれた種をお母さんが土に植えたら、見たこともない花を咲かせたんだって」

莉愛の顔は真剣そのものだった。嘘みたいな冗談みたいな話だった。

ぼくはこのまま、莉愛の病気も単なる冗談にしてしまえたらどんなにいいだろうかと考えた。この状況で、作り話をする人間がいるとは思えないけれど、莉愛に限ってはあり得なくもない、とぼくは思った。

「わたしもね、信じる気持ち半分、嘘でしょって思う気持ち半分くらいなの。でもね、もし、もしもね、本当にわたしの骨から、種がとれたらそのときは、明日太にあげたいの。もらってほしい。もし、本当に花が咲くことがあるのなら、わたしの骨からとれた種は、明日太にしか花を咲かせられないって思うの」

莉愛が、狭いベッドの上で体の向きを変えたのがわかった。

莉愛の顔が、ぼくの肩の位置に移動する。こつん、と、ぼくの肩と莉愛のおでこがぶつかった。

「ねえ、わたしが死んでも、あんまり長く悲しまないで。わたし、ずっと見張ってるから。わたしが死んだことを理由に引きこもっちゃうとか、そういうのは許さない」

莉愛は、最後までぼくのことを叱るつもりらしい。ぼくはこのまま、一生莉愛に叱られていたかった。

「悲しまないで。わたしの種を植えて、花を咲かせて」

莉愛の体はとても冷たかった。

時々微笑んだり、泣きそうな顔をしたりしながらぼくに話してくれた言葉のひとつひとつが、ぼくの記憶に深く刻み込まれた。

莉愛は長い話の最後にこう言った。

「絶対に、幸せになって」


この日が本当に、ぼくが彼女と会った最後の日になった。

ぼくと彼女らしい最後だったのかもしれないけれど、ぼくがそんなふうに思えるようになるのはもっと、ずっとずっとあとのことだ。

＊＊＊

莉愛の通夜には、ぼくを含めたクラスメイト全員が参列した。希望した剛や、幼馴染のちなみ姫、羽鳥先生も、ぼくの両親までもがそこにいた。

棺の中にいる莉愛があまりにも綺麗で、まるで本当にただ眠っているだけのように見え、ぼくはこの通夜は間違いでしたと誰かが言ってくれるのを待つような気持ちだった。

火葬の日、ぼくはその場にどうしても行くことができなかった。莉愛の体を燃やして灰にしてしまうなんて、どうしても嫌だったからだ。

葬儀に行かなかったぼくのことを心配した剛やちなみ姫が僕のところにやってきて、なんとかぼくを励まそうとしてくれたけれど、せっかくふたりが来てくれてもぼくはほとんど言葉さえ発することができなかった。

食事をしても味がなく、鋭いはずの嗅覚もほとんどきかなくなっていた。

莉愛のことを考えると、ぼくは寂しくてなにも手につかなくなってしまう。

目を閉じると勝手に、瞼の裏側に莉愛の顔が浮かぶのだ。

鬼灯色のワンピースを着た莉愛。

笑っている莉愛、怒っている莉愛、泣いている莉愛。

ぼくは本当に空っぽだった。

葬儀が終わって一週間が過ぎた頃、キクカワ生花店に羽鳥先生がたずねてきた。

「本当に、家が花屋なんだな。跡継ぎ息子か」

店に並んでいる花を見回して、羽鳥先生は言った。先生とは莉愛の通夜から会っていない。

先生の顔を見ると、病室にいる莉愛のことを思い出し、ぼくはまた自然と涙を流していた。この頃になるともう、涙が気にならなくなっていた。一日のうちのほとんどの時間、瞼が濡れている状態だったから。

「まだ、心の整理がついていないみたいだね」

羽鳥先生は、静かにぼくにむかって言った。

ぼくが小さく頷いて答えると、羽鳥先生は黙って、小さな紙袋から小さな封筒を取り出した。

「これは、莉愛に頼まれていたものだ。火葬が終わったら、明日太くんに渡してほしいと。本当はぼくが研究がてら、やりたかったんだけれどね」

羽鳥先生から、手渡された小さな封筒。

指で触れると、真ん中あたりにひっかかる硬いふくらみがあった。

「これは……?」

「彼女からの手紙だ。一緒に入っているのは、種と呼ばれてるものだよ。莉愛の骨の一部だ。土に植えて、花を咲かせるのが君の役目だよ。世界でも症例の少ない病気だから、花が咲いた例もごく僅かなんだけどね」

羽鳥先生はそう言い残し、店を後にした。

ぼくは自分の部屋に封筒を持ち帰り、莉愛からの手紙を開く。

【明日太へ

驚いた？

わたしの骨からもし種が見つかったら、この手紙と一緒に明日太に渡してほしいって、羽鳥先生に頼んだの。

手紙を書くのは初めてだから、最初で最後の手紙ってことになるのかな。

ここにひとつ、わたしの秘密を書こうと思う。

わたしが明日太を好きになった理由。

わたしと明日太がもっとすごく小さい、小学校に入学するより前のことなの。

覚えてないよね。わたしたち、実は高校で初対面じゃなかったんだよ。

ママに手を引かれて、よくあの桜並木道を歩いたの。

あの道を通って、よくママと明日太のおうちの花屋さんに行ったの。

ママは花が好きだったから。

わたしは枯れる花が嫌いだった。花が傷んでいくのも見ていて嫌だった。

その日ね、わたし、明日太のお店でママを困らせてた。

『お花は枯れるから嫌だ。枯れないお花がいい』って、わたしは言ったの。

そうしたら、お店にいた、わたしと同じくらいの男の子が近づいてきて言ったの。

『花は枯れるから、散るから綺麗なんだ。散らない、枯れないのは花じゃないよ』

って。それが、小さい頃の明日太だった。

生意気だけどすごく、可愛かった。わたしの本物の騎士だったよ。

病気がわかったのは、小学校高学年のとき。

偶然骨折してレントゲンを撮ったら、病気がわかったの。

そこからは、ママがわたしの病気がいつ発病するかわからない、おかしな病気だって知って、心を壊して、精神科にかかることになった。

パパはお金だけをわたしとママの病院、羽鳥家に預けるようにして、仕事を理由にほとんど家に帰ってこなくなったの。ときどき家に帰ってきても、一緒に過ごせるのはほんの少しの時間だけだった。

わたしは時々、ひとりでママのお見舞いに行った。だけどママはわたしに会うと、必ず体調が悪くなったり心の状態が悪化したりした。

わたしはお見舞いに行っちゃいけないんだって気付いたの。

病気になってから、自分でもいろいろ調べて、死なない方法はないって知って。

苦しくて、でも、唯一、自分を奮い立たせてくれるおまじないみたいな言葉があった。

そのおまじないみたいな言葉がね、小さい頃に明日太がわたしに言った言葉。

『花は枯れるから、散るから綺麗なんだ。散らない、枯れないのは花じゃない』

病気がついに発病したのは、高校入学前だった。わたしは明日太の言葉をずっとおまじないにして生きてた。

この世に未練なんて残さずに、できることは全部やって、誰よりも、美しく綺麗に咲いて散ろうって決めたの。

その姿をね、明日太にも見てほしかった。

あの言葉をくれたあなたが同じ学校にいるって知ったとき、どんなことをしてでも仲良くなって、最後にありがとうって言おうって決めたの。

綺麗に散るんだって、思わせてくれてありがとうって。

でもね、潔く綺麗に咲いて散ろうと思わせてくれた明日太が、今度は、わたしを死にたくないって気持ちにさせた。

いつ死んでもいいって思っていたのに、やっぱり死ぬのは嫌だって思った。

ずっと明日太と一緒にいたいって思っちゃったから。

明日太と会えなくなるなんて嫌。

潔く美しく綺麗に散ることなんて、やっぱりわたしにはできないよ。

最後の瞬間まで、ずっと、明日太と生きていたかったって、死にたくないって思いながら天国に行く。

潔く綺麗に散るよりそのほうが、ずっとずっと幸せだよ。

明日太、死にたくないって、思わせてくれてありがとう。

生きていたいって思わせてくれてありがとう。

最後の約束。わたしのために、世界一の花屋になって。

わたし、あのお店で働いているあなたを見るのが大好きなの。

たくさんの人を花で幸せにして、あなた自身も幸せになって。

PS　明日太なら、わたしの花を綺麗に咲かせてくれるよね。

だってプロなんだし。

愛を込めて。莉愛より】

莉愛からの手紙を胸に抱き締めて、ぼくは声をあげて泣いていた。

莉愛がぼくにくれた言葉や、自然と頭に浮かんでくる莉愛の表情のひとつひとつが愛おしくて、恋しくてたまらなかった。

出会ったとき、もしぼくが、莉愛に気付いていたら、もっと長い時間、莉愛と過ごすことができたのだろうかと思うと悔しくて仕方がなかった。

ひとりぼっちで苦しかっただろう。それなのに、いつだって毅然とした態度で氷の女王を貫いていた莉愛。

だけど一緒に出かけた買い物も、間違って酒を飲んで酔ったあの夜も、海辺でも、莉愛はぼくにしか見せない本当の莉愛を見せてくれた。

彼女のことを好きになればなるほど、彼女がいなくなることがこわかった。

莉愛とのたくさんの記憶が、ぼくを包み込んでいた。

莉愛がどんな気持ちでぼくにあのたくさんの約束をくれたのか、想像するだけで胸が痛かった。

自分のほうがずっとずっと辛いのに、残される僕の為にたくさんの約束をくれた莉愛。美しくて強くてかっこいい、ぼくの世界で一番大切な人。

莉愛との約束のおかげでぼくはまだ、ジュリエットの後を追わずに生きていけそうな気がする。

莉愛が見ていてくれるなら、世界一の花屋にだって、なれるような気がした。

ぼくはその日、小さな植木鉢に柔らかな土を入れて種を植えた。

莉愛の骨からできたその種は、どんぐりよりもう少しだけ大きくて、アボカドの種ほどはない大きさの、つるつるとした塊だった。

ぼくはそこに、水をやり、日の当たる場所に置いた。


毎日、その植木鉢に水をやるのがぼくの日課となって一か月。

もうなにも起こらないのではないかと思ったその次の日の朝、鉢の真ん中から小さな芽が出ているのを発見した。

「うわっ！」

思わず声を出したぼくは、羽鳥先生のスマホに、芽が出た植木鉢の写真付きで、

【芽が出ました】

というメールを送る。

すると、なんとその翌日、死んだはずの莉愛のスマホから、メッセージが届いた。

【ちなみにお願いしていたの。わたしのかわりにメッセージを送信してほしいって】

【種に水やりをしてくれてありがとう】

【そろそろ、桜の咲く季節が来るのかな。約束はきちんと守ってね】

【覚えてる？　桜並木道を一緒に歩くの。約束したよね】

莉愛からのメッセージは、そこで途絶えた。

〝莉愛の種〟は、芽を出した翌日には茎を伸ばし、ついに小さな蕾をつけた。

見たこともないような不思議な色合いの蕾で、形もなんだか歪《いびつ》でおかしな感じだった。

どんな花が咲くのかまったく予測不可能な形状のその蕾は、日に日に少しずつ膨らんでいき、そこからさらに約一週間後、ついに、蕾が花開いた。

見たこともない、不思議な色の、不思議な花。

グラデーションの花びらは、太陽の光を浴びるとどんな色にだって見える。

そして、香り。

ぼくはその花の香りを嗅いだ瞬間、自然と涙を流してしまう。

それがまるっきり、莉愛の体から漂っていた香りそのままだったから。


川沿いの桜並木が満開になると、ぼくは『莉愛の種』から咲いた花の植木鉢を抱えて川沿いを歩いた。

莉愛の香りのする花を抱えて歩いていると、本当に莉愛と並んで歩いているような気がして、ぼくは思わず目を閉じた。桜の花の花びらがひらひらと舞い落ちてきて、頬を掠め、ぼくの抱えていた植木鉢の土の上に落ちる。

莉愛が花びらを掴んだ。

ぼくはそう思った。

莉愛の嬉しそうな、ちょっと得意げな顔が目に浮かんだ。

7

月下美人の花言葉

莉愛の花が咲いてから三年。

ぼくと莉愛はお互いに、成人を迎えた。

もっとも、あの世の莉愛は歳をとらないから、見た目は十七歳の莉愛のままであるはずだ。

ぼくは大学生になった。

莉愛との最後の約束を果たすと心に決め、大学生活と並行して家業の花屋の仕事を本格的に手伝うようになった。

父の仕入れにも同行し、店の仕事を手伝うだけでなく、SNSにキクカワ生花店の情報や、ぼくの作ったアレンジや花束の画像を投稿し始めた。

地道に投稿を続けると、古い商店街にセンスのいい花屋がある、というローカル情報が徐々にネットで浸透し、市外からもわざわざ来店してくれる客が現れ始めた。

アレンジやリース、高砂やブーケなどの作成動画をアップしたりと積極的にSNSでの宣伝を続けるうちに、あるときキクカワ生花店の花で、地元の雑誌の表紙を飾らないかという依頼を受けた。

両親と相談し、表紙を飾るアレンジはぼくが担当するということに決まった。

地元雑誌の八月号。ぼくが表紙を飾るために作ったのは、数十種類のヒマワリを使った壁面アレンジだった。

その表紙がネットで話題を呼び、ついに花の専門誌からぼくの作ったブーケを掲載しないかという依頼が舞い込んだ。

一ページ丸ごと、ぼくの作ったブーケの写真、それに小さく、ぼくとキクカワ生花店が写った店の写真が、花の専門誌に掲載された。

商店街の小さな古い生花店が、専門誌に載ることは稀《まれ》だ。

母は夢が叶ったと大喜びし、めったに褒めてくれない父親がぼくのブーケが掲載された専門誌を店に飾った。

まだまだ世界一の花屋には遠く及ばないけれど、その第一歩を踏み出したのだ。

莉愛がいなくなって、三度目のお盆だった。

ぼくは莉愛に胸を張って会えるようになるまでは、莉愛に会いたいと願ってはいけないと心に決めていた。いつまでも、十七歳の莉愛の言葉に甘えているわけにはいかない。

墓参りに行くことができなかったのも、ぼく自身の気持ちを整理してから、堂々と莉愛に会いたかったからだ。

ぼくは莉愛との約束を、実行しなければならなかった。

莉愛があの別荘で言った言葉も、そのときの莉愛の表情も、ぼくは今も昨日のことのように鮮明に思い出せる。

——明日太が成人になったとき、一番に乾杯する相手はこのわたし。

莉愛が、とろんとした目でぼくに言ったこと。十七歳のぼくたちの約束。

——わたしがこの世にもういなくても、お墓の前にワインボトルとグラスを持ってきて。ちゃんと両方のグラスにワインを注いで乾杯するの。

それで、明日太はそれを一気に飲み干して、わたしのグラスに注いだ分を、お墓にかけるの。

——わたしがもし死んだら。お盆には明日太に会いに戻って来る。そのときに、明日太もわたしに会いたいと思っていたら、鬼灯をいっぱい、わたしのために飾ってほしいの。それがわたしに会いたいっていう合図。

ぼくは自分の部屋の窓辺に、たくさんの花瓶に水を入れ、その花瓶の全てに山盛りの鬼灯を生けて飾り、その周りにはカットした鬼灯をたくさん、たくさん、本当にたくさん並べた。

これだけたくさんの鬼灯があれば、きっと魂が迷うことなんてないだろう。

窓際に飾った大量の鬼灯を眺めながら、ぼくはつぶやく。

「莉愛、いつでも帰ってきていいよ」

お盆を明日に控えた今日、日が暮れ始めて空が夕焼けで、真っ赤に染まる。

鬼灯と夕焼け。ぼくはスマホで、窓から見た夕焼けの写真を撮影する。

そしてそれを、莉愛のスマホ宛に送った。

窓際に飾ったたくさんの鬼灯、それに窓の外の夕焼け。

その日、ぼくは酒屋に行き、山のように種類のある酒瓶の中から一本の赤ワインのボトルを選んでいた。飲みやすくてフルーティーだと説明書きのメモがつけられた、そのボトルのラベル部分には、見たことのない花の模様が刻まれている。

これだ、とぼくは思った。

ぼくと莉愛の、初めての乾杯にふさわしい、ちょっとお洒落なそのワインを、自宅の棚からこっそり持ち出したワイングラスのセットとともにバスケットに入れる。

そして、もうひとつ、ぼくがどうしてもこの記念すべき日のために準備したものがある。

特別に注文して仕入れていた、鉢植えの月下美人。

月下美人はサボテンの仲間の濃くて甘い香りがする花で、直径二十センチほどもある白くて大きな花を夕暮れ時から夜にだけ咲かせる。

年に数回しか咲かないといわれるこの月下美人が花開いたら、ぼくは莉愛と乾杯しようと考えたのだ。

お盆を控えた八月初旬、ぼくが育てた月下美人の蕾は大きく膨らんで、今夜にでも開花しそうに見える。

今夜にしよう、とぼくは心に決めた。

月下美人の花言葉は、

〈ただ、一度会いたくて〉

美人薄明とか、儚い恋なんていう花言葉も月下美人にはあるけれど、ぼくの中で一番しっくりくるのがこれだった。

ただ、一度会いたくて。

夕暮れ時、ぼくはワインの入ったバスケットを片手に、月下美人の鉢植えを抱いて、莉愛のいる小高い丘になった墓地までの道をゆっくりと歩く。

日が暮れかけているとはいえ、とにかく暑い。額からは汗が噴き出した。

汗を拭い、落ちていく夕日を見ながら丘をのぼると辺りは徐々に闇に包まれる。
見上げると、ぽっかりと月が浮かんでいた。
ふっとぼくの鼻を甘い、強い香りが襲う。
見ると、抱えていた月下美人の花が今まさに、開こうとしているところだった。
ぼくは立ち止まり、開きかけた白く大きな花を見つめる。
莉愛、君は覚えているだろうか。あの月の夜、君がぼくに教えてくれたこと。
莉愛、今日は君に伝えたいことがある。
今夜はとても、月が綺麗だ。
莉愛、どうかぼくとの乾杯を待っていてほしい。
君に話したいことがたくさんあるんだ。

あとがき

誰もが一度は触れたことのある、病気のヒロインとのボーイミーツガール。

この物語を書くと決まったとき、ふたつのことが頭の中にありました。

ひとつは、この誰もが知る、わたし自身ぱっと思いつくだけで五つ以上は題名を挙げることのできる、この超定番の物語を、今更わたしなんかが書いていいのだろうかという不安。

もうひとつは、この物語を書くことで、誰かを傷つけてしまうのではないかという不安でした。

ざっくりとしたあらすじを編集者さんと共有し、書き始めてみたものの、どのシーンを書いていても、この展開は知っている。このあとこうなってこうなるんだよ。ほらね、やっぱりこうなった。と、わたしの中の誰かが何度も囁きました。

かつて読んだ大切な物語たちを汚したくはないのに、定番をなぞるとどうしたって、その道を通らずには先に進めなくなってしまう。

こんな風に書くと、実際に病気で苦しんでいる人はどう思うだろうか。わたし自身にはどうしたって当事者の気持ちは理解できるはずもなく、想像するしかないけれど、果たして想像されることは不愉快ではないのだろうか。愛する人を失う悲しみを書くことで、実際にそれを経験する人を、傷つけはしないだろうか。

そんな考えばかりが頭の中を駆け巡る日々でした。

けれど、編集さんと話し合い、悩みながら何度も改稿を重ねる中で、なんとか、自分にしか使えないスパイスを効かせた定番の味を完成させることが出来たような気がします。定番の味にする為に、編集さんとのやり取りの中、泣く泣く削除したシーンもありました。

誰も傷つけない物語は誰の心も動かすことが出来ない。

いつかどこかで聞いた言葉がわたしを何度も励ましてくれました。

物語を完成させ、素晴らしい表紙イラストのラフを頂いたとき、わたしの中で何かが報われた気がしました。

最後まで寄り添ってくださった編集の森上さんと須川さん。最高に美しい表紙を描いてくださった海島千本さん。そして、この小説を手に取って下さった皆さんに、感謝の気持ちで一杯です。

いつかまた、どこかの物語でお会いできますように。

木村　咲

この物語はフィクションです。実在の人物、団体等とは一切関係がありません。

木村　咲先生へのファンレターのあて先
〒104-0031　東京都中央区京橋1-3-1　八重洲口大栄ビル7F
スターツ出版（株）書籍編集部 気付
木村　咲先生

月夜に、散りゆく君と最後の恋をした

2021年10月28日　初版第１刷発行

著　者　　木村　咲　©Saki Kimura 2021

発 行 人　菊地修一
デザイン　フォーマット　西村弘美
　　　　　カバー　長﨑綾（next door design）
発 行 所　スターツ出版株式会社
　　　　　〒104-0031
　　　　　東京都中央区京橋1-3-1　八重洲口大栄ビル7F
　　　　　出版マーケティンググループ　TEL 03-6202-0386
　　　　　（ご注文等に関するお問い合わせ）
　　　　　URL　https://starts-pub.jp/
印 刷 所　大日本印刷株式会社

Printed in Japan

ISBN　978-4-8137-1167-4　C0193

スターツ出版文庫　好評発売中!!

『今夜、きみの声が聴こえる～あの夏を忘れない～』　いぬじゅん・著

高２の咲希は、幼馴染の奏太に想いを寄せるも、関係が壊れるのを恐れて告白できずにいた。そんな中、奏太が突然、事故で亡くなってしまう。彼の死を受け止められず苦しむ咲希は、導かれるように、祖母の形見の古いラジオをつける。すると、そこから死んだはずの奏太の声が聴こえ、気づけば事故が起きる前に時間が巻き戻っていて——。咲希は奏太が死ぬ運命を変えようと、何度も時を巻き戻す。しかし、運命を変えるには、代償としてある悲しい決断をする必要があった…。ラスト明かされる予想外の秘密に、涙溢れる感動、再び！

ISBN978-4-8137-1124-7／定価682円（本体620円＋税10%）

『余命一年の君が僕に残してくれたもの』　日野祐希《ひのゆうき》・著

母の死をきっかけに幸せを遠ざけ、希望を見失ってしまった瑞樹。そんなある日、季節外れの転校生・美咲がやってくる。放課後、瑞樹の図書委員の仕事を美咲が手伝ってくれることに。ふたりの距離も縮まってきたところ、美咲の余命がわずかなことを突然打ち明けられ…。「私が死ぬまでにやりたいことに付き合ってほしい」——瑞樹は彼女のために奔走する。でも、彼女にはまだ隠された秘密があった——。人見知りな瑞樹と天真爛漫な美咲。正反対のふたりの期限付き純愛物語。

ISBN978-4-8137-1126-1／定価649円（本体590円＋税10%）

『かりそめ夫婦の育神日誌～神様双子、育てます～』　編乃《あみの》 肌《はだ》・著

同僚に婚約破棄され、職も住まいも全て失ったみずほ。そんなある日、突然現れたのは、水色の瞳に冷ややかさを宿した美神様・水明。そしてみずほは、まだおチビな風神雷神の母親に任命される。しかも、神様を育てるために、水明と夫婦の契りを結ぶことが決定していて…⁉「今日から俺が愛してやるから覚悟しとけよ？」強引な水明の求婚で、いきなり始まったかりそめ家族生活。不器用な母親のみずほだけど、「まぁま、だいちゅき」と懐く雷太と風子。かりそめの関係だったはずが、可愛い子供達と水明に溺愛される毎日で——⁉

ISBN978-4-8137-1125-4／定価682円（本体620円＋税10%）

『後宮妃は龍神の生贄花嫁　五神山物語』　唐澤和希《からさわかずき》・著

有能な姉と比較され、両親に虐げられて育った黄煉花。後宮入りするも、不運にも煉花は姉の策略で身代わりとして恐ろしい龍神の生贄花嫁に選ばれてしまう。絶望の淵で山奥に向かうと、そこで出迎えてくれたのは見目麗しい男・青嵐だった。期限付きで始まった共同生活だが、徐々に距離は縮まり、ふたりは結ばれる。そして妊娠が発覚！しかし、突然ふたりは無情な運命に引き裂かれ…「彼の子を産みたい」とひとり隠れて産むことを決意するが…。「もう離さない」ふたりの愛の行く末は⁉

ISBN978-4-8137-1127-8／定価660円（本体600円＋税10%）

スターツ出版文庫　好評発売中!!

『僕らの奇跡が、君の心に届くまで。』　音《おと》はつき・著

幼い頃に家族を失い、その傷に蓋をして仲間と明るく過ごす高3の葉。仲間のひとりで片想い中の胡桃だけが、心の傷を打ち明けられる唯一の存在だった。しかし、夏休みのある日、胡桃が事故で記憶を失ってしまう。多くの後悔を抱えた葉だったが、ある日気づくと、夏休みの前に時間が戻っていて…。迎えた二度目の夏、胡桃との大切な日々を“使い果たそう”と決意する葉。そして彼女に降りかかる残酷な運命を変えるため、ひとり“過去”に立ち向かうけれど——。ラスト、涙が溢れる青春感動傑作！

ISBN978-4-8137-1111-7／定価671円（本体610円+税10%）

『あの夏、僕らの恋が消えないように』　永良《ながら》サチ・著

「私はもう二度と恋はしない——」幼いころから好きになった異性の寿命を奪ってしまう奇病を持つ瑠奈。大好きな父親を亡くしたのも自分のせいだと思い込んでいた。そんなある日、幼馴染の十和と再会。彼に惹かれてしまう瑠奈だったが「好きになってはいけない」と自分に言い聞かせ、冷たくあしらおうとする。しかし、十和は彼女の秘密を知っても一緒にいようとしてくれて——。命を削ってもなお、想い続けようとするふたりの切なく狂おしい純愛物語。

ISBN978-4-8137-1112-4／定価649円（本体590円+税10%）

『お伊勢 水神様のお宿で永遠の愛を誓います』　和泉《いずみ》あや・著

千年の時空を越えて恋が実り、晴れて水神様ミヅハと夫婦になったいつき。ミヅハは結婚前のクールな態度が嘘のように、いつきに甘い言葉を囁き溺愛する日々。幸せいっぱいのいつきは、神様とあやかしのお宿「天のいわ屋」の若女将として奮闘していた。そんなある日、ミヅハが突如、原因不明の眠りに落ちてしまう。さらに陰陽師集団のひとり、平がいつきに突然求婚してきて…⁉そこは千年前から続く、とある因縁が隠されていた。伊勢を舞台にした神様と人間の恋物語、待望の第二弾！

ISBN978-4-8137-1113-1／定価649円（本体590円＋税10%）

『夜叉の鬼神と身籠り政略結婚二～奪われた鬼の子～』　沖田弥子《おきたやこ》・著

一夜の過ちから鬼神の顔を持つ上司・柊夜の子を身籠ったあかり。ただの政略結婚だったはずが、一歳に成長した息子・悠の可愛さに、最強の鬼神もすっかり溺愛夫（パパ）に。そんな中、柊夜のライバルの鬼神・神宮寺が夫婦に忍び寄る。柊夜はあかりのためにサプライズで結婚式を用意するが、その矢先、悠がさらわれて…⁉悠のために生贄として身を差し出そうとするあかり。しかし、彼女のお腹には新しい命が宿っていた——。愛の先にあるふたりの運命とは？ご懐妊シンデレラ物語、第二弾！

ISBN978-4-8137-1110-0／定価671円（本体610円+税10%）

スターツ出版文庫　好評発売中!!

『今夜、きみの涙は僕の瞬く星になる』　此見《このみ》えこ・著

恋愛のトラウマのせいで、自分に自信が持てないかの子。あるきっかけで隣の席の佐々原とメールを始めるが突然告白される。学校で人気の彼がなぜ地味な私に？違和感を覚えつつも付き合うことに。しかし、彼はかの子にある嘘をついていて…。それでもかの子は彼の優しさだけは嘘だとは思えなかった。「君に出会う日をずっと待ってた」彼がかの子を求めた本当の理由とは…？星の見える夜、かの子は彼を救うためある行動に出る。そして見つけたふたりを結ぶ真実とは──。切なくも希望に満ちた純愛物語。

ISBN978-4-8137-1095-0／定価660円（本体600円+税10%）

『後宮の寵姫は七彩の占師』　喜《き》咲《さき》冬《とう》子《こ》・著

異能一族の娘・翠玉は七色に光る糸を操る占師。過去の因縁のせいで虐げられ生きてきた。ある日、客として現れた気品漂う美男が後宮を蝕む呪いを解いて欲しいと言う。彼の正体は因縁の一族の皇帝・啓進だった！そんな中、突如賊に襲われた翠玉はあろうことか啓進に守られてしまう。住居を失い途方にくれる翠玉。しかし、啓進は事も無げに「俺の妻になればいい」と強引に後宮入りを迫ってきて…⁉かくして“偽装夫婦”となった因縁のふたりが後宮の呪いに挑む──。後宮シンデレラ物語。

ISBN978-4-8137-1096-7／定価726円（本体660円+税10%）

『鬼の花嫁三～龍に護られし娘～』　クレハ・著

あやかしの頂点に立つ鬼、鬼龍院の次期当主・玲夜の花嫁となってしばらく経ち、玲夜の柚子に対する溺愛も増すばかり。柚子はかくりよ学園の大学二年となり順調に花嫁修業を積んでいた。そんな中、人間界のトップで、龍の加護を持つ一族の令嬢・一龍斎ミコトが現れる。お見合いを取りつけて花嫁の座を奪おうとするミコトに対し、自分が花嫁にふさわしいのか不安になる柚子。「お前を手放しはしない」と玲夜に寵愛されてつつも、ミコトの登場で柚子と玲夜の関係に危機…⁉あやかしと人間の和風恋愛ファンタジー第三弾！

ISBN978-4-8137-1097-4／定価693円（本体630円＋税10%）

『縁結びのしあわせ骨董カフェ～もふもふ猫と恋するふたりがご案内～』　蒼《あお》井《い》紬《つむ》希《ぎ》・著

幼いころから人の心が読めてしまうという特殊能力を持つ凛音。能力のせいで恋人なし、仕事なしのどん底な毎日を送っていた。だが、ある日突然届いた一通の手紙に導かれ、差出人の元へ向かうと…そこには骨董品に宿る記憶を紐解き、ご縁を結ぶ「骨董カフェ」だった⁉イケメン店主・時生に雇われ住み込みで働くことになった凛音は、突然の同居生活にドキドキしながらも、お客様の骨董品を探し、ご縁を結んでいき…。しあわせな気持ちになれる、もふもふ恋愛ファンタジー。

ISBN978-4-8137-1098-1／定価682円（本体620円＋税10%）

書店店頭にご希望の本がない場合は、書店にてご注文いただけます。